RUNDUMBLICKE

Ich wusste nicht,
dass es unmöglich ist,
also habe ich es gemacht.

Jean Cocteau

Patrizia-Maria Mühlum

RUNDUMBLICKE

Bibliografische Information der Deutschen Nationalbibliothek
Die Deutsche Nationalbibliothek verzeichnet diese Publikation in der
Deutschen Nationalbibliografie; detaillierte bibliografische Daten sind
im Internet über http://dnb. de abrufbar.

© 2018 Patrizia-Maria Mühlum
Satz, Umschlaggestaltung, Herstellung und Verlag:
BoD – Books on Demand
ISBN 978-3-7528-0115-6

Das Läuten des Telefons macht mich nervös. Immer noch, obwohl ich meine Nummer geändert habe, und sowieso keiner mehr anruft. Ich habe keine Freunde. Nur Klara. Seit fünfzig Jahren.

Kennengelernt haben wir uns in einem Schullandheim, auf dem Feldberg. Aus einer Brieffreundschaft, wurde eine lange Telefonbeziehung. Bis heute. Fast.

Klara ist im Schwarzwald aufgewachsen. Im Tiefsten. Dort lagen ihre Wurzeln, auf die sie ihr später Elternhaus bauten. Aus Wurzelholz. Das Haus war nicht so leicht zu finden. Der Briefträger, Herr Läufer musste eine echte Sportskanone gewesen sein, mit Pfadfinderabzeichen. Den haben sie dann früh in Rente geschickt, mit seiner kaputten Hüfte.

Eine Abfindung hat er nicht bekommen. Nur sein Sohn, der musste sich nämlich damit abfinden, die Post weiter auszutragen, hin zu Klara in die Hinterste Waldstrasse 101. Das Häuschen konnte man schon von weitem sehen, mit dem Fernglas. Vom Hochsitz aus.

Es war die erste, und letzte Hütte, auf dem Trampelpfad.

Die anderen Hundert waren im Krieg zerfallen. Genau wie ihr Großvater, der fiel damals auch.

Klara war schon immer anders als der Rest ihrer Familie. Sie war wie ihre Tante Käthe, die in der Kate im Wald versauerte.

Das durfte ihr auf keinen Fall passieren. Sie musste raus aus dem Kaff. In die Großstadt. Eines Morgens begegnete sie dem Klaus. Er kam aus Frankfurt. Der Klaus war ihr Sprungbrett.

Sie lernte ihn in den Pilzen kennen, als sie über seinen Hering stolperte. Er hatte sein Einmannschlafzelt nur provisorisch aufgebaut, weil es nachts so dunkel war. Klara ist ihm regelrecht ohne Tür ins Zelt gefallen, trotz Reißverschluß. Das war Schicksal. .

Bevor er Klara traf, hatte der Klaus große Pläne. Nach Australien wollte er, in die Wildnis. In den Busch. Ein etwas gefährliches Unterfangen, auf das man sich vorbereiten sollte, schon wegen der Naturvölker. Hier in der Pampa gab es die besten Vorausetzungen für so ein Überlebenstraining. Auch sprachlich war es eine richtige Herausforderung, denn wenn man mal einen Eingeborenen traf, konnte man ihn nicht verstehen. Wie im Dschungel. Genau so.

Es dauerte nicht lange, dann zog Klara mit Klaus nach Frankfurt, und lernte deutsch. Später auch französisch. Für eine kurze Zeit, nannte sie sich Claire, aber nach Klaus nicht mehr. Als er später mit der Karin durchbrannte, verreisste sie in die Schweiz, und war wieder Klara, nur mit rollendem R.

Nach vierzehn Tagen schon, wollte sie die schweizerische Staatsbürgerschaft annehmen, so gut gefallen hat es ihr dort in Schaffhausen. Bis sie den Reinfall erlebte. Er hieß Christian.

Der Christian war Linkshänder, und als Handchirurg eine Kapazität auf seinem Gebiet. Verkürzte Sehnen hatte er, an beiden Händen, rechts noch schlimmer als links, obwohl er sich schon vier mal selbst operiert hatte.

Als er ihr den größten Wasserfall Europas zeigen wolte, rutschte er am Geländer ab. Er konnte doch keine Fäuste mehr machen. Sein brüllen half nicht, das hörte keiner. Das Wasser machte einen Höllenlärm. Dazu kam noch der Wind. Klara konnte ihn nicht halten. Er fiel in den Rhein rein. Seit dem war sie traumatisiert.

Der Christian ist nicht nur ersoffen, er hatte auch noch schwere Verbrennungen dritten Grades, am ganzen Körper. Vom Dampf. Die Kantonspolizei war davon überzeugt, dass Klara diesen Sturz unterstützt hatte, konnte es aber nicht beweisen. Als sie nach dem Verhör endlich ausreisen durfte, nahm sie den nächsten Zug, zurück nach Frankfurt.

In Sachen Leiche, haben die bis heute noch nichts herausgefunden, oder gefischt. Flaschen waren das.

Für Klara brachen schwere Zeiten an. Alle Zeiten waren schwer. Ihr Leben setzte sich aus einer Anhäufung von Katastrophen zusammen. Sie war ein Magnet, für Psychopathen, doch Klara wusste sich schon immer zu helfen. Sie wollte nichts mehr dem Zufall überlassen, und auf alles vorbereitet sein. Sie war recht verzweifelt, und ihre Haut fing wieder an. Rosazea. Erblich bedingt. Das hatte sie von ihrer Tante Käthe, die bekam es, als sich der Förster 1928, mit einer anderen aus dem Forst verlobte. Nur damals hieß es Krätze.

Die Tante hat nie wieder einen Mann angesehen. Sie blieb alleine, unverheiratet, und kinderlos, obwohl sie die Schönste der ganzen Familie war, und der Liebling von Opa Alois. Aber sie war konsequent. Wie Klara. Das hatte sie auch von ihr.

Zum Glück kam Frau Heinrich, Gott hab sie selig.

Klara wurde im Wartezimmer auf sie aufmerksam, bei ihrem Hausarzt Doktor Proktor, einem Neufundländer mit Dackelblick. Durch eine Anzeige. Sie war es dann auch, die alles aufdeckte, mit ihren Karten.

Als Frau Heinrich starb, war Klara völlig fertig, und die Marika, eine große deutsche Eiskunstläuferin, auch. Frau Heinrich hatte sie jahrelang beraten, wer weiß was sonst alles hätte passieren können auf dem Eis.

Mutter kannte die Marika aus dem Fersehen. Da war sie früher fast täglich zu sehen, im Winter. Sie hat ihre Karriere verfolgt, und ist sogar der Meinung, die Marika sei nicht nur auf dem Eis gelaufen, sondern gesegelt. Anfangs sogar mit Partner, von dem sie sich aber trennte. Wahrscheinlich wegen seiner Segelohren.

Bei Gegenwind war er nämlich zu langsam, was denkbar schlecht war für die Hebefiguren, aber Rückenwind war auch nicht gut, weil er dann so richtig in Fahrt kam, und sie nicht hinterher.

Die haben doch gar nicht zusammen gepasst, sagte Mutter.

Jedenfalls wusste Frau Heinrich von Anfang an, dass der Klaus mit der Karin nicht dauerhaft glücklich sein würde. Der kommt wieder, sagte sie immer. Das liegt doch eindeutig in den Karten. Karo acht mit noch was. Frau Heinrich war für Klara lebenswichtig.

Einmal habe ich sie sogar hingefahren zu ihr. Mitten in der Nacht, mit meinem alten zwo CV. Die schlimmste, und unbequemste Fahrt ihres Lebens. Vergaß sie nie. Ist doch kein Auto sowas, schimpfte sie, im Höchstfall ein überdachtes Fahrrad. Sie hatte damals aber auch schon tüchtig zugenommen. Von Kleidergröße vierunddreißig auf vierundviezig. Dazu brauchte der Klaus nicht lange, sagte sie oft wütend zu mir, wenn sie sich eine neue Waage kaufen musste, weil sie der Alten, und ihren Augen nicht mehr traute.

Kummerspeck. Das ging auch auf sein Konto. Du nimmst eben ab, wenn es dir schlecht geht, und ich zu. Jeder ist anders, und ich besonders, waren ihre Worte. Das hatte sie auch von Tante Käthe.

Der Sarg der Tante musste sogar sonderangefertigt werden, denn zwei Urnen waren auch nicht ganz umsonst. Deshalb hatte sie in weiser Vorraussicht ihre Sterbeversicherung kurz vor ihrem Tod, ein wenig aufstockt. Um das Doppelte. Das brauchte Klara nicht. Sie nimmt doch wieder ab, versprach Frau Heinrich. Genau wie der Mond, der stand bei Klaras Geburt im siebten Haus, der hat auch wieder abgenommen.

Frau Heinrich lebte in einer Zweizimmerwohnung, in einem Vorort. Als wir nachts ankamen, empfing uns ein alter Mann im Schlafanzug, schon im Treppenhaus. Seine graue Strickjacke hing ihm lose über den Schultern, er war nicht in die Ärmel geschlüpft. Es war Herr Jäger. Frau Heinrichs Lebensgefährte, und zugleich Lebensgefahr, denn Klara war sich sicher, dass er sie um die Ecke gebracht hatte. Wie sonst beim Einkaufen. Seit ihrem Tod, war er jedenfalls verschwunden. Klara verschwand auch, und zwar in die Küche, wo Frau Heinrich sie schon erwartete. Ich durfte im Wohnzimmer Platz nehmen. Eine Katze leistete mir Gesellschaft, und beo bachtete mich die ganze Zeit. Das altmodische Zimmer war sauber. Es roch nach Maiglöckchen. Die Wände waren über, und über tapeziert mit Fotografien. Drei kleine Mädchen mit Zöpfen, und Schultüten. Herr Jäger als Soldat. Frau Heinrich mit zwei dicken Perserkatzen, und einer Glaskugel, was damals schon völlig überholt war, und natürlich die Marika, mit dreimal dem schwarzen Kater auf ihrem Schoß. Die Graue war zu der Zeit schon tot. Nierenversagen.

Es gab auch viele Postkarten, und Dankesschreiben von Klienten in einem Album, das offen auf dem Tisch lag. Über dem Türrahmen war ein Metallschild angebracht, auf dem ein abgedroschener Spruch zu lesen war. Das hing in beinahe jedem Bauchladen über der Theke zu der Zeit. Gemütlich war es.

Wie dem auch sei, Frau Heinrich hat Klara mächtig geholfen, und getan was sie konnte durch Magie. Und das mit Erfolg. Der Klaus kam tatsächlich zurück zu ihr. Nach sieben Jahren, und zwei Wochen.

Sehen Sie Klara, die Karten lügen nicht. Bei der Marika hat doch auch immer alles gestimmt, triumphierte Frau Heinrich, die damals schon eine unglaubliche Trefferquote, von hundertzehn Prozent hatte.

Nicht dass Klara solange auf den Klaus gewartet hätte. Nein. Keineswegs. Er war doch ein Drecksack, und seine Familie ein richtiges Pack. Als seine Mutter krank wurde, brauchte sie dringend Klimawechsel. Seit dem machten sie sich ein schönes Leben, mit Klaras vorzeitig ausgezahlter Lebensversicherung. Das Pack ist nämlich an die Costa del Sol umgezogen. Sie hatten die Sonne im vierten Haus. Das hat Frau Heinrich glasklar gesehen, in ihrer Murmel, obwohl sie damals auch schon nicht mehr die Jüngste war. Das muss kurz vor ihrer Gallenblase gewesen sein. Auf dem Operationstisch hat man sie dann verwechselt, mit einem Star.

Dem Grauen. Nach dem Eingriff war sie blind, aber hellsichtig. Klara wurde gleich hellhörig, denn eins war jetzt klar, diesen Chirurgen konnte man nicht trauen. Aufschneider waren das.

Ich weiß nicht mehr wie oft Klara bei Frau Heinrich anrief nachts, und sie legte ihre Karten auf den Tisch. Klara brauchte nur stopp zu sagen, vom Bett aus, und es war, als hätte sie das Blatt selbst gemischt. So einen guten Draht hatten die Beiden. Das war selten.

Sie arrangierte dann auch die Wiederzusammenführung, von Klara und dem Klaus. Dazu brauchte sie nur ein paar Fotos, von der Karin, ihrer Tochter, den Eltern, und dem Hund. Erst dann konnte Frau Heinrich mit ihrer Arbeit beginnen.

Klara fotografierte die Karin vor dem Einkaufscenter, vom Bus aus. Ihren Vater erwischte sie in der Gartenparzelle, die sie im Sommer hatten, beim Grillen. Es mussten natürlich aktuelle Aufnahmen sein. Diese zu beschaffen war Klaras Beitrag. Sie müssen schon auch etwas dazu tun, sagte Frau Heinrich, von nichts kommt nichts. Genau das sagte Klaras arme Mutter auch immer, die eigentlich nicht arm war, nur tot. War aber das Gleiche.

Das allerwichtigste Foto aber war, das von dem Klaus, und der Karin zusammen. Zum Auseinanderschneiden.

Klara flog kurzentschlossen auf die Insel, unterstützt von der Babsi, die wieder mal unbezahlten Urlaub nehmen musste. Jeden Sommer verbrachten sie dort. Nun war er mit der Karin da. Zimmer minus elf, wie geschmacklos, jammerte Klara, direkt neben unserem, wir hatten immer minus zwölf. Die Zimmer befanden zwei Stockwerke unterm Keller. Wegen der Hitze, und dem Rabatt. Vom Pool aus, getarnt mit meinem Florentiner, konnte Klara dann gut ein paar Fotos schießen. Ich hatte schon immer einen faible für Hüte, aber Klara das passende Gesicht dazu.

Mit soviel Material, machte sich Frau Heinrich dann erst mal an die Trennung. Das waren ordentliche Aufnahmen. Die waren größer als Mutters Röntgenbilder. Die taugten auch auch später noch, bei der Wiedervereinigung. Dabei wurden sie verbrannt. Dieses Ritual kam aber erst ganz zum Schluß. Alles schön der Reihe nach.

Der Klaus zog also wieder ein bei Klara. Mit seinem Aktenkoffer. Mehr brauchte er nicht, es war ja noch alles da. Sie hatte nichts verändert in den letzten sieben Jahren und zwei Wochen, nur seine alte Zahnbürste, die hatte sie ein Weihnachten mal ausgetauscht. Die ist doch völlig veraltet, wusste Klara. Es gibt doch jetzt diese neuen Schallzahnbürsten, die sind um Klassen besser.

Irgendetwas musste aber bei der Zusammenführung schiefgelaufen sein. Nach vierzig Tagen war schon wieder alles vorbei. Wie die Fastenzeit. Nur war es Klara, die ausgezogen ist. Mit Pauken und Trompeten. Sie ließ den Klaus quasi emotional am ausgestreckten Arm verhungern. Seine Ex, die Karin, war zweimal in der Wohnung, als Klara bei ihrer Mutter zu Besuch war. Sie hat es gleich bemerkt. An Kleinigkeiten, und an Frau Becker, der Nachbarin. Die musste es im Fahrstuhl, nach dem Verhör dann gezwungnermaßen zugeben. Neunmal sind sie vom Erdgeschoß bis in den zehten Stock gefahren, dann wusste Klara alles.

Bestätigt hat die alte Dame auf einer Aldi Quittung, die Klara noch in der Manteltasche fand, und auf der ganz praktisch, auch gleich das Datum stand. Genau darunter musste die alte Dame unterschreiben. Sie war nämlich verkalkt, und würde später nicht mehr wissen was sie gesagt hat.

Frau Heinrich überprüfte die Situation, und bestätigte die Pik Dame im Haus. Sie lag direkt auf dem Klaus, oder darunter. Das war reine Auslegungssache. Mehr brauchte Klara nicht, um zu ihrer Mutter zu ziehen. Die Wohnung gehörte ja dem Klaus. Sollte er sie doch behalten. Klara wohnte nur zur Miete dort, und hatte so die Raten an die Bank zurück bezahlt. An Berechnung glaubte sie nicht. Dazu war der Klaus nun wirklich zu blöd. Den durfte man nicht überschätzen. Klara ist dann mit immerhin drei Reisetaschen gegangen. Mehr passte nicht hinein, in meine Ente.

Frau Heinrichs Kommentar dazu war, immer wenn sich etwas altes aus dem Leben verabschiedet, ist es nur ein Zeichen dafür, dass schon was neues unterwegs ist. Der Herzkönig hatte sich bereits sortiert, er lag auf dem langen Weg, und exakt in Klaras Reihe. Das konnte kein Zufall sein. Erfahrungsgemäß ging das ruck zuck. War doch bei der Marika genauso.

Das Thema Klaus war endlich Geschichte, und Frau Heinrich auch. Bei ihrer Beerdigung heulten Klara, und die Marika um die Wette. Über hundert Leute waren gekommen, um Frau Heinrich die letzte Ehre zu erweisen, obwohl es ein lausig kalter Dezembertag war, mit viel Schnee und Glatteis. Ein paar Schaulustige wollten sicher nur die Marika sehen, in der Hoffnung, dass sie eine Piruette drehte. Hat sie aber nicht. Sie hatte gar keine Schlittschuhe dabei. Zwei Tage vorher informierte Klara noch die Zeitung. Die sind auch gekommen, aber auf den Tierfriedhof nebenan gegangen. Da wurde gerade ein Dackel beerdigt. Es gab ein großes Aufgebot an deutschen Doggen, und altdeutschen Schäferhunden, aber auch welche mit Mitgrationshintergrund waren dabei. Zwei Tibet Terrier, und ein Finnenspitz. Sie alle waren in ihren schwarzen Mäntelchen, mit Herrchen, oder Frauchen da.

Das mit den Tieren wird ganz schön übertrieben, meckerte Klara verärgert über die Zeitungsfritzen.

Ich bin da ganz anderer Meinung. Tiere sollte viel mehr geschützt werden, und respektiert. Ich setze mich dafür schon lange ein.

Wenn Mutter nicht wäre, hätte ich mindestens fünf Hunde. Ihr reicht aber schon Heini.

Nach Frau Heinrichs Tod ging die Sucherei erst richtig los. Die reinste Odysee war das. Klara war infiziert. Die Karten, Orakel, und Hellseher waren das Wichtigste für sie, die Sternzeichen niemals zufällig, und Widder ein rotes Tuch. Denk doch nur an die Elfi, erinnerte sie jedesmal, wenn sie mir meine gottserbärmliche Sternenkonstellation vorhielt. Ich habe einen Widder Aszendenten, und das noch beim Skorpion, was noch das Bessere von beidem ist, wenn man es gut meint. Die Sterne standen bei meiner Geburt ziemlich ungünstig. Das sieht Mutter ähnlich.

Früher in China, haben sie Kinder, in so einem Fall, gleich nach der Geburt weggegeben, an jemanden den sie nicht leiden konnten.

Oder ertränkt. Das ist eben eine ganz andere Kultur. Die Chinesen sehen die Welt mit ganz anderen Augen, als wir. Im Querformat. So als würden sie durch einen Schlitz gucken. Schräg sind die.

Klara brauchte nun dringend einen adäquaten Ersatz für Frau Heinrich. Zunächst musste mal Vergleichbares gefunden werden. Frau Heinrich war nicht einfach so austauschbar. Viele wurden ausgetestet. Klara rief täglich bei verschiedenen Wahrsagern an. Die Zeitungen standen alle voll von Sehern, und Leuten mit angeblich besonderen Fähigkeiten. Jeder erzählte ihr etwas anderes, aber was stimmte immer. Bei so vielen Möglichkeiten auch nicht schwer.

Nach langer Suche, stieß sie endlich auf den Theo. Bei ihm war sie bestens aufgehoben. Und der Sabrina. Die redete mit Engeln. Der Theo konnte ja nicht alles abdecken. Diese beiden haben Klara gerettet, sonst wäre ihre Welt schon längst stehengeblieben. Der Theo nahm Klaras Angelegenheiten sehr ernst. Um noch weitere Tragödien zu vermeiden, stellte er ihr die Sabrina zur Seite, und einen Schutzengel.

Der kostet nicht viel, spielte Klara es am Telefon runter, eine Putzfrau kriegt mehr Stundenlohn, und ich leiste eben mir den Gabriel. Da kannst du sagen was du willst. Vor allem arbeitet der auch nachts. Die Sabrina auch. Man kann sie immer anrufen, und sich Rat bei ihr holen. Wenn sie was nicht weiß, dann fragt sie halt die Erzengel. Der Michael wohnt mittlerweile bei ihr, darf aber keiner wissen. Sag bloß nichts der Elfi, ermahnte sie mich. Heute Nacht ist der Theo wieder auf Sendung. Mitternachts Rundumblick. Schau ihn dir wenigstens mal an, überredete sie mich.

Das habe ich getan, nicht wegen der Neugier, sondern der Mutter die sich gerne ein Bild von dem Ganzen machen wollte. Sie kannte den Sender gar nicht, Mutter hat davon nur sechsundzwanzig, aber der Suchlauf hat ihn dann gefunden.

Ich habe keine Ahnung von der Technik eines Fernsehers, und ihn schon lange abgeschafft. Daran habe ich längst das Interesse verloren. Alles ändert sich, und ich will nicht Gefahr laufen, unvermittelt überfallen zu werden, von Gewalt, oder Dingen, die mir dann stundenlang nicht mehr aus dem Kopf gehen. Oft reicht nur ein Wort, um ein Gedankenkarussell in Bewegung zu setzen. Etwas in die Jahre gekommen, schütze ich mich besser vor der Welt.

Nach fünf Minuten etwa verließ ich das Wohnzimmer. Es reichte mir. Ich hatte genug. Auch gesehen und gehört. Mutter blieb tapfer sitzen bis zum Testbild.

Der Theo ist ein Erzhalunke, sagte sie am nächsten Morgen zu mir, der lügt ohne rot zu werden. Alles was er sieht in seinen Karten oder den Sternen, ist dehnbar, wie Gummi. Mit ganz billigen Tricks arbeitet der, sonst gar nichts. Da sind mir sogar noch die Hütchenspieler lieber.

16

Das wollte was heissen. Aber ich musste Mutter in diesem Fall absolut recht geben. Zumindest war bis dahin noch nichts so richtig eingetroffen von dem, was er Klara prophezeit hat. Aber er schloß ihre Aura hermetisch ab. Die hatte nämlich Löcher. Dafür waren ganz alleine die Energievampire verantwortlich. Die konnten aber mit einer Chakrakerze, die es seit Februar auch mit Duft gab, recht gut in Schach gehalten werden. Das Zeug hat bis zum Himmel gestunken, und sie konnten schön zur Hölle fahren. Klara hatte das Vollschutzprogramm. Sie schwor auf den Theo, und seine Qualitäten. Immerhin konnte er ihr genau sagen, wann der Ralf wieder anruft.

Das konnte Mutter aber zur Not auch, denn an Weihnachten, Ostern, an allen Feiertagen, und den Wochenenden jedenfalls nie. Der arbeitet sich noch zu Tode, der Mann, stöhnte Klara.

Der Ralf war ihr Herzkönig, den ihr selbst schon Frau Heinrich angekündigt hatte. Ihr verirrter Seelenpartner, der schon seit Millionen von Jahren und Inkarnationen, unterwegs zu ihr war. Mit ganz kleinen Umwegen und Hindernissen, die der Theo mit links, und Magie aus der Welt schaffen konnte, mit samt den Energieblockaden.

Meinetwegen. Ich hatte andere Sorgen.

Am Dienstag, bin ich spät aufgewacht. Es war schon neun. Ich ging hinauf in die Küche. Zwei Nachrichten waren auf meiner Sprachbox. Ich stellte zuerst die Espressomaschine an. Es konnte nur Klara sein, oder Mutter, die verreist war, zu ihrer Schwester. Ich wollte mich erst später darum kümmern, und mich anziehen. Ich war in Eile. Um zehn hatte ich einen Termin bei der Ärztin, zur

Kontrolle. Vergangene Woche schnitt sie mir etwas aus meinem Oberarm, und schickte es ein. Wir hatten zwei unterschiedliche Histologien. Die Erste war ganz eindeutig schlecht. Dann haben sich die Pathologen korrigiert. Die Zweite war in Ordnung. Frau Doktor Dittmann war damit gar nicht zufrieden, und ich auch nicht. Das seltsame Gefühl, und der Juckreiz waren immer noch da, obwohl sie alles entnommen hatte.

Wenn was juckt, dann heilt es, sagte Mutter, die sich in solchen Sachen prima auskennt. Vielleicht ist es aber auch nur so ein Phantomschmerz, das haben die Kriegsversehrten auch, wenn ihnen was aus dem Bauch genommen wird, ein Bein zum Beispiel. Geht aber weg. Das war doch bei dem Herbert genau so.

Frau Dittman reichte das nicht. Wir lassen nochmal prüfen sagte sie. Also ruhig bleiben, und bis nächste Woche abwarten, hieß es. Geduld. Damit konnte ich leben. Klara nicht.

Wie bitte? Noch eine Woche warten, das ist ja die reinste Zumutung. Mit so einer Ungewissheit kann man doch nicht leben. Das st das Schlimmste was es gibt. Noch dazu gar nicht nötig. Der Theo könnte dir das sofort sagen. Das sollten dir die zweihundert aber wirklich wert sein.

Zweihundert? Ich dachte eine Telefonberatung kostet gerade mal die Hälfte.

Letztes Jahr, sagte Klara, im Januar schlägt er doch immer auf. Da sind aber die vierzig für das Auraschließen, die dreißig für deinen Befund, und das Jodeln dabei. Für die Stimmbandvibration ist das, wenn du das

Mantra auf Band brummst. Wie das geht? Das macht er dir vor...

Das musste ihm erst mal einer nach machen, war aber nicht möglich, weil er der Beste war in ganz Europa. Die Leute riefen im Sekundentakt bei ihm an. Jeder hundertste Anrufer erhielt sogar einen Preis. Vor drei Wochen erst, hatte einer eine Waschmaschine gewonnen. Die wollte er aber nicht. Er wollte sie nicht auf seinen Rücken tätowiert bekommen. Die Leute sind vielleicht undankbar. Ganz ehrlich.

Ruf ihn doch wenigstens mal an, versuchte Klara mich zu ködern, das kostet nur 6,99 pro Minute, wenn der Theo pesönlich dran ist, wenn nicht, hörst du ein Band für 3,99, und du kannst gleich wieder auflegen. Das wäre allerdings töricht, denn er rezitiert dann heilige Silben, und leiert Texte herunter, die sofort deine Schwingung erhöhen, kapierst du?

Klara hat sich das Tonband schon stundenlang angehört, wenn sie mal wieder energetisch ausgelutscht war. Auch wenn sie kein Wort vom Gesagten verstand. Das war wirklich keine Schande. Das konnte keiner verstehen. Nur einer, aus Indien, der hat es verstanden. Jetzt ist er taub. Auf beiden Ohren. Hörsturz.

Das war alles nichts für mich. Ich konnte damit nichts anfangen. ich glaubte ganz einfach nicht daran, obwol mir schon immer klar war, dass zwischen Himmel und Erde mehr exstiert, als das was wir sehen, aber ich hatte nie Vetrauen zu Theo. Ich hielt mich lieber an das, was Frau Dittmann sagte, sie hatte das nicht umsonst studiert.

Ja glaubst du denn der Theo hat nicht studiert, empörte sich Klara, jahrelang sogar, bei einem Schamanen. Der hat ihn in Geheimnisse eingeweiht, da träumst du von. Und wenn du es genau wissen willst, der Theo ist in dritter Generation hellsichtig.

Ja. Seine Urgroßmutter väterlicherseits, war sehr berühmt auf der Hallig, bevor sie überflutet wurden. Das Hellfühlen hat sie ihm auch vererbt. Was? Das sagt doch schon das Wort. Der Theo fühlt das, was derjenige fühlt, in dessen Energie er reingeht, denk doch mal logisch. Sonst wüsste er das mit dem Ralf doch alles gar nicht, die ganzen Geschäftsreisen und so. Seine Depressionen kommen daher, dass er die falsche Frau geheiratet hat, das hab ich dir ja gleich gesagt.

Den Ralf habe ich nie live gesehen. Nur in Farbe, auf diversen Fotos. Ich erkannte ihn schon vom Hörensagen. Er war erst seit einem Jahr verheiratet, und seine Ehe schon zerrüttet.

Da läuft nichts mehr, sagte der Theo, sein Gouverneursgefäß ist schon ganz unten in den Meridianen. Da kommt nichts mehr hoch. Noch nicht mal das Kronenchakra. Die Energie ist völlig raus.

Er musste es ja wissen, er war ja schließllich drin.

Der Ralf war Klaras Lebensendpartner. Ihn hatte der Theo auf Herz, und Nieren geprüft. Da gab es überhaupt kein Vertun. Klara fuhr deshalb selbst zu ihm, nach Kleinkleckersdorf. Es gab da gewisse Dinge, die nicht telefonisch geklllärt werden konnten. In solchen Fällen, musste man sich zu ihm hinbringen, und dreihundertsechzig Euro für die Sitzung hinblättern. Hotel und Anreise extra. Termine kriegte man kaum. Er war fast immer ausgebucht. Aber nicht für seine Schützlinge, denen wurde sofort geholfen, wenn es brannte. Dann machte er Überstunden. Klara ist manchmal schon auf dem Zahnfleisch bei dem Theo angekommen. Die Energiebahnen liefen kreuz und quer, und ihre Aura war ein einziges Loch. Sechs von sieben Chakren waren zu. Nur ihr Halschakra nicht. Das war offen. Zumindest soweit, dass die Knödel noch gut durchpassten.

Klara stieg dann immer im Goldenen Kalb ab. Meistens schon einen Tag vorher, um sich energetisch an, und auszugleichen. Dazu hatte sie diese giftgrünen Brausetabletten von Theo, die aussahen wie gehäkelt, für die Wanne. Das Wasser musste gut temperiert sein, so wie das Buffet. Abnehmen war in Tagen wie diesen, völlig fehl am Platz.

Klara kannte den Ralf nun schon seit drei Jahren. In dieser Zeit hatte sie wieder ein paar Pfündchen zugenommen. Ihn störte das überhaupt nicht. Sie haben sich immer noch wie am ersten Tag verstanden. Warum er aber im September eine andere, im Sauerland geheiratet hat, war mir nicht klar.

Dem Theo schon. Das hat doch nichts mit der Liebe zu tun, erklärte er Klara. Die Liebe lag doch bei ihr. Na, Gott sei Dank. Der Ralf wird sich auf jeden Fall wieder scheiden lassen. Nur wusste er nichts davon.

Du glaubst gar nicht wie unglücklich er ist, erzählte sie mir eines Abends am Telefon. Seine Heirat ist eine Mesalliance, das sagen die alten Griechen, wenn in den Flitterwochen schon die Fetzen fliegen. Da sah er schlecht aus in Paris, findest du nicht? Du hast doch die Fotos gesehen. Doch. Habe ich dir geschickt. Wieso?

Die hat die Babsi gemacht. Die Kinder wollten doch so gerne ins Disneyland, und so hat sie es gleich verbunden. Ich habe natürlich sämtliche Reisekosten übernommen. Ist ja wohl das normal als Patin der Kleinen.

Nur haben die Kinder Micky Maus nie gesehen, dafür aber viele Kirchen, Museen und den Eifelturm. Man kann Heranwachsende nie früh genug auf die Schule vorbereiten. Sie werden jedenfalls nicht zweimal sitzen-bleiben, wenn du verstehst was ich meine, ... dafür sorge ich schon. Man hat für seine Patenkinder eben eine Verantwortung übernommen. Das hast doch du gesagt. Also. Aber glaub mir, der Ralf ist wirklich ein Schatz. Frag die Babsi. Wie?

Natürlich hat sie mit ihm gesprochen, sie stand doch in der langen Schlange zur Kasse direkt hinter ihm. Sogar den Brief hat sie ihm zugesteckt. Von mir, ja. Wieso ist das unmöglich? Doch, das hat sie, aber heimlich. Du weißt ja was ich von Diskretion halte. Leider konnte sie ihn nicht weiter verfolgen. Die Kleine muss gebrüllt haben wie am Spiess, wegen Donald Duck, und weil er nicht da war. Verzogen eben. Einer in Uniform hat dann der Babsi geraten, die Ausstellung zu verlassen, sie sollte spä-ter doch ohne Kinder kommen. Draussen haben sie Eis gekriegt mit Schirmchen drauf, und Goofi, das war aber auch wieder nicht richtig. Auf jeden Fall, sah der Ralf schlecht aus, das musst du schon zugeben, und seine Frau auch, ... wieso schlechte Aufnahme? Dann sind alle zwei-unddreißig schlecht. Vielleicht sind die ja auch gut, und sie sieht in Wirklichkeit noch schlimmer aus, wer weiß.

Ich kenne sie ja nicht. Noch nicht. Was sagst du? Natürlich. Das werde ich, ... der Wortwechsel mit der Pik Dame, liegt schon lange... du? Wie kommst du denn darauf? Ausgeschlossen ..., nein, die Pik Dame ist die Rivalin. Du bist die Karo Dame. Die Freundin. Bring nicht immer alles durcheinander, du machst mich noch ganz verrückt, ... und deine Mutter auch.

Mir gefiel das ganz und gar nicht, aber ich war nicht in der Stimmung für ein Streitgespräch, worauf es sicher wieder hinaus gegangen wäre. Dazu gab es noch Gelegenheit genug. Ich legte auf, ging hinaus, kümmerte mich um den Hund, und einen alten Biedermeierschrank, den ich zum Aufarbeiten hatte. Eine Auftragsarbeit, die freitags fertig sein sollte. Dabei konnte ich mich entspannen. Ich arbeite oft nachts. Das ist nicht ungewöhnlich. In der Werkstatt ist es gemütlich, hell, und es gibt einen Kachelofen. Ich fühle mich wohl im Provisorium, was viele vielleicht Chaos nennen.

Ein paar Tage hörte ich nichts von Klara. Sie hatte viel um die Ohren. Meistens Lockenwickler, und den Telefonhörer. Dazu kam dass Herr Lohmann, der neue Verantwortliche von der Hausverwaltung, sich gerade ungeheure Schwächen erlaubte, und in seine Schranken verwiesen werden wollte. Klara war wieder voll in ihrem Element. Sie telefonierte den ganzen Tag. Idealerwese mit Theo. Es brauchte auch keiner bei ihr anzurufen, ihre Leitungen mussten frei bleiben. Sie hatte sich wieder eingewählt, bei diesem Astrosender, und wartete auf den Rückruf.

Sie stand auf Wartelisten. Listen!!

Drei neue Kartenleger waren dran. Die mussten geprüft werden. Der Theo war in Urlaub, sechs Wochen. Er hatte ja schulpflichtige Kinder, und musste sich dem zufolge nach dem Ferienplan richten. Das tat er auch so oft wie möglich. Irgend eine Alternative musste Klara haben. Man konnte nie wissen welche Katastrophen lauerten, und nicht in wessen Gebüsch.

Ich funke später nochmal durch, schrieb sie mir aufs Handy. Wenn der Ralf da ist. Er sollte laut Karten in den nächsten achtundvierzig Stunden hier sein.

Der Narr, der Wagen, und die acht Kelche. Ein Mann, im Auto, leicht angetrunken.

Das war nicht wegzudiskutieren.

Das Testen der Wahrsager konnte dauern, das kannte ich bereits. Klara stellte natürlich Fangfragen, sie war ja nicht blöd. Die Antworten kannte nur sie und der Ralf. Sie merkte gleich ob wer was taugte oder nicht. So wie die Bernadett damals. Die taugte rein gar nichts. Sie sagte Klara sollte dem Ralf den Laufpass geben.

Nur Zeitvertreib sei sie für ihn, und er würde sich auch noch das Hotel sparen. Ausserdem will er sie gar nicht. Frechheit!

Sie sollte sich von dem Ralf trennen? Niemals. Wo es sich doch um eine karmische Verbindung handelt, die wie jeder weiß gar nicht zu trennen ist. Nicht mal der Theo könnte das. Selbst wenn er wollte.

Aber der Theo wollte nur das vereinen, was schon immer zusammen gehört. Klara und Ralf. Punkt.

Nur das Karma musste abgearbeitet werden, koste es was es wolle. Ist doch gar nicht mit Gold aufzuwiegen, wenn sich die Seelenpartner nach Millionen von Jahren wieder in die Arme schliessen können.

Zu dieser Zeit stand ihr Elternhaus zum Verkauf. An solchen Sachen musste nun wirklich nicht gespart werden. Ihre Mutter starb im Winter, als Letzte ihrer Angehörigen, Vater und Bruder waren schon Jahre tot. Klara wollte in diesem Haus nicht mehr leben. Viel zu viele Erinnerungen hingen darin. Selbst das Ausräuchern hat nichts gebracht. Die schlechten Energien waren einfach nicht tot zukriegen. Ihr armer Vater dagegen schon.

Urplötzlich lag er in den Kräutern, hinter den Rhododendren. Man hat in erst nach Stunden gefunden. Sekundentot.

Klara konnte von da an nicht mehr in den Garten hinaus gehen, nicht mal vom Küchenfenster aus hinausschauen, und dabei Marmalade einkochen. Das machte ihr Herzchakra nicht mit, und der Theo auch nicht.

Der Theo war es schließlich, der alles aus gependelt hat, das mit den Erdgeistern und so weiter. Diese Schmarotzer konnte keiner verjagen. Nicht ums Verrecken. Die trieben sich schon seit dem fünfzehnten Jahrhundert auf dem Grundstück herum. Hartnäckig waren die, und bösartig. Mehrere Generationen mussten schon dran glauben. Sie waren alle besessen. Es war die nun Aufgabe von Klara, diesen fatalen Kreislauf endlich zu unterbrechen. Das war ihr von der geistigen Welt karmisch auferlegt worden. Sie musste handeln, und schnellsten aus diesem Dunstkreis heraus. Die Lösung war sofort zu verkaufen. An die Stadt. Oder an die Albaner von vis a vis. Sollten die sich doch mit denen rumärgern. Das Leben ist kurz. Klara wusste ja dass sie auch mal ins Gras beissen würde, das musste aber nicht gerade neben dem Komposthaufen sein, und schon gar nicht wegen denen.

Für das Haus bekam Klara eine schöne Summe, mit dem Anteil ihres Bruders. Der hätte bestimmt nichts dagegen gehabt, dass sie an die Nachbarn verkauft hat. Das war so eine nette Familie.

Die bezahlten sogar das Doppelte als das, was der Bürgermeister ihr anbot. Sie wussten nämlich zu diesem Zeitpunkt noch nicht, dass dieses E-Center, der Rohbau gegenüber, kein Einkaufs, sondern ein Eros-Center werden würde. Die sind sie aber ganz schnell dahinter gekommen. Das alles aber, wollte sie noch mit ihrem Bruder besprechen.

Im nächsten Jenseitskontakt.

Zuerst musste aber ein neues Medium gefunden werden. Der Gregor, der Spiritist, war zu Tode gekommen, während einer Seance. Er muss einfach so, aus der Luft gefallen sein. Genau auf die Tischplatte, über der er minutenlang schwebte. Zwei große Kandelaber, und ein Plastiktotenkopf, sind dabei zu Bruch gegangen. Ganz zu schweigen von den beiden alten Tanten, denen er ordentlich die Kleider versaute. Die hatten nämlich überall blaue Spritzer auf den Plauener Spitzen. Der Gregor, war nämlich adelig, und hatte blaues Blut.

Glücklicherweise, musste Klara das nicht mehr mit ansehen. Ihre Sitzung war schon beendet, und sie saß im Speisewagen, bei Rippchen, und Kraut. Heimwärts eilend.

Das war aber auch ein richtiger Kraftakt, versicherte sie mir noch am Abend. Was glaubst du wohl wieviel Energie da in den Raum fließt... .

Die musste bei dem Gregor bestimmt in die nächste Dimension übergeschwappt sein, weil er ganz offensichtlich übergeschnappt war, dachte ich für mich.

Ja, da kam eins zum anderen. Der Theo würde schon das richtige Medium finden, darüber brauchte Klara sich keine Sorgen zu machen. Absolut seriös musste es sein, wie der Gregor es war.

Du glaubst gar nicht wie viele Scharlatene es gibt heutzutage, meinte Klara... , wie gut dass ich jetzt den Theo habe. Auf den kann ich zählen.

Der Theo konnte aber auch gut zählen, und zwar sein Geld, und eins und eins zusammen. Er war immer öfter der Grund, warum Klara und ich uns stritten.

Bevor wir das Gespräch beendeten, bedauerte sie noch zehn Minuten die Sache mit der Margot, die seit vierzehn Tagen spurlos verschwunden war. Mutter, die diese Margot einmal im Fernsehen erlebte, war fest der Annahme, dass ihr einer den Kragen umgedreht hatte, und das zurecht.

Die Margot, das T wurde nicht gesprochen, war ein Lichtmedium. Sie hatte eine berufsbedingte Dauerwelle am Kopf, und was mit Psychokinese am Hut. Diese Matte diente ihr zum Schutz. Die Margot war geradezu empfänglich für alle möglichen Wellen, die ihr astrale Lichrwesen direkt ins Gehirn sendeten. Ein mal im Monat, bekam sie sogar Hitzwallungen davon, den diese Informationen die sie erhielt, waren teilweise ganz schön heiß. In ihren Sitzungen wurden viele Zeugen, ihrer unglaublichen Fähigkeiten. Die Grunzlaute, die sie von sich gab, übersetzte der Theo, zum besseren Verständnis für den Zuschauer, simultan. Sie konnte allein durch Gedankenkraft, Materie beeinflussen. Der Stuhl auf dem sie saß beispielsweise, rollte stundenlang mit ihr durch das Studio, während sie, quälende Fragen am Telefon beantwortete. Nicht selten ist es vorgekommen, dass sie dabei das Licht manipulierte. Die Effekte konnte jeder sehen. An und aus. Als hätte einer den Kippschalter bedient. Unglaublich.

Sie war ein Phänomen. Die Margot wusste wirklich alles. Wenn einer was verloren hatte, konnte sie genau sagen wo es war, und dass man es nie im Leben wieder zu Gesicht kriegen würde. Das wusste sie. Wofür hatte sie denn sonst die Wellen in, und auf dem Kopf. Oft war sie Klaras letzte Rettung, aber leider nur einmal monatlich verfügbar. Die restlichen neunundzwanzig Tage wurde sie eingeschläfert. Im Schlaflabor. Unter Medikamenten.

Das beste Beispiel, war das mit Klaras goldener Uhr. Ich darf gar nicht drüber nachdenken, heulte sie immer wenn das Gespräch wieder darauf kam. Den Verlust hatte der Theo im Rundumblick gesehen. Richtig. Aber hinterher. Die vier Buben, auf einen Schlag. Ein abgekartetes Bubenstück war das. Ganz klar.

Klara hatte die Uhr, ein Erbstück von ihrer Tante Käthe, in einem Sonnenstudio vergessen. Die Aushilfe putzte die Kabine, und anschließend gleich die Platte. Ihr war schlecht. Die zweite Schicht wusste von nichts. Aber die Margot. Die wusste es. Diese Uhr siehst du nie wieder sagte sie, und das wie aus der Pistole geschossen. Da wäre so schnell keiner draufgekommen, aber die Zeit hat uns gezeigt, wie recht sie hatte. Unglaublich diese Margot. Doch einmal, ich entsinne mich an einen jungen Mann, der mächtig wütend war auf die Margot. Stinksauer war er. Wahrscheinlich hatte er was verloren. Er beschimpfte sie vor Millionen von Zuschauern, und Mutter die zufällig wieder mal reingeschaltet hatte, und mir später alles brühwarm erzählte.

Sie solle sich lieber eine vernünftige Arbeit suchen, und nicht braven Leuten, für einen Haufen Geld, inhaltlichen Müll erzählen, muss er ungefähr gebrüllt haben, neben einschlägigen Ausdrücken.

Ganz ungezogen sagte Klara, und dumm. Diese Paarung war besonders gefährlich. Meistens bedankten sich die Leute noch bei der Margot, wenn sie ihre Schlüssel wiederfand, die fast immer ganz unten in der Tasche waren. Oder die entlaufenen Katzen, die sind morgens immer alle wieder gekommen, bis auf die Überfahrenen. Aber da wusste die Margot wenigstens, wo sie lagen. Meistens auf der Hauptstrasse.

Sie hatte es wirklich nicht nötig, sich von so einem Primitivling beleidigen zu lassen. Diese Situation hat die Margot dann aber ganz souverän gelöst. Gott schütze Sie, sagte sie zu dem Proll, und legte auf. Großartig. Jetz war sie weg. Einfach so. Man hat schon bundesweit nach ihr gesucht. Ohne Erfolg. Arme Margot.

Für Mutter gehören solche hinter Schloss und Riegel. Im Fernsehen gibt es nur noch Lug und Betrug. Die verkaufen doch ihre eigene Großmutter als Säugling. Nur die von Shop mop nicht. Die waren ehrlich. Dort kauft sie immer ihre Putzmittel, und die Unterhosen von Slim po. Die machen wirklich dünner. Das brauchte aber Frau Kugler nicht zu wissen. Die dachte Mutter hätte abgenommen. Sie regte sich wieder auf, obwohl ihr Doktor Berger das verboten hatte. Das durfte sie nicht.

Erst neulich hatte sie wieder einen Herzanfall, wegen Frau Dietrich behauptete sie, was mich aber in dem Moment kein bisschen interessierte. Ich rief sofort den Krankenwagen an. Wie jedesmal beteuerte sie, es sei nicht nötig. War es aber. Man hat sie auch gleich mitgenommen, in die Klinik. Für ein paar Tage. In ihre kleine Reisetasche packte ich zwei neuen Nachthemden, und vier Handtücher, das Zahnpflegezeug, ihr Handy, und das Ladegerät.

Einen Leuchtwecker noch, der war das wichtigste Utensil, denn wenn sie nachts nicht schlafen konnte, musste sie wenigstens die Uhrzeit wissen, wann sie nicht schlafen konnte, für Doktor Wolff, falls er das für seine Unterlagen brauchte. Den dünnen Morgenmantel noch, der reichte, weil es dort sowieso zu überheizt war, und einen kleinen Buddha aus Jade, steckte ich noch in ihren Kulturbeutel. Als Glücksbringer. Das war alles. Am nächsten Tag sollte der Herzkatheder gelegt werden, das kannte sie schon, und die Medikamente umgestellt. Danach sollte wieder alles in bester Ordnung sein, sagte Doktor Wolff zu mir. Also, wieder mal Glück gehabt.

Als ich vom Krankenhaus zurück kam, rief ich gleich bei Klara an. Sie war in Sorge wegen Mutter, und fing sofort wieder an von ihrer Mutter zu erzählen. Nicht nur die ganzen Klinikaufenthalte, sondern auch den kompletten Ablauf der Beerdigung, bei der ich selbst dabei war. Das hatte ich alles schon tausendmal gehört, doch irgendwie kam sie aus der Geschichte nicht raus. Dafür sorgte auch der Theo.

Jedes Jahr zum Geburts, und Todestag von Klaras Mutter, pilgerten sie gemeinsam zum Friedhof, und hielten eine Prozession zwischen den Grabsteinen ab. An diesen Feiertagen nahm der Theo keine andere Kunden an. Er schlüpfte in eine weiße Tunika, zog seine Turnschuhe an, die knöchelhohen, und es sah aus, als sei er just aus der Psychiatrie ausgebrochen. Er hatte was am Kopf, das war ganz offensichtlich, nur was? Man konnte nicht mit Sicherheit sagen, ob die elastischen Binden, aus seiner Reiseapotheke, einen Turban, oder einen Druckverband andeuten sollten. Klara brachte den silbernen, dreiarmigen Kerzenleuchter, und das Räuchermännchen, das früher auf dem Küchenbrett stand mit, sowie das Kofferradio an dessen Griff die beiden weißen Luftballons angeknotet waren. Darin war Gas, und haufenweise Fresszettel, auf denen gute Wünsche, und Grüße ins Jenseits befördert wurden. Der Theo schwenkte sein Tiribulum, das hatte er noch von seinem Vater, der ürsprünglich Bischof in Rom werden sollte. Auf dem Flug dahin, über Afrika, haben sie ihn mit samt Rucksack abgekippt, und wenn er nicht gestorben ist, dann missioniert er dort sicher heute noch. Aber dieses Weihrauchgefäß aus Sturzblech, hielt der Theo in allen Ehren, und schlenkerte es während der ganzen Veranstaltung, über dem Bodendecker hin und her. Die beiden Ministranten, die Klara für eine Flasche Korn verplichtete, pflanzten einen Buchsbaum ein. Die Luft miefte bis rüber zur Bushaltestelle, und die Schulkinder beschwerten sich schon, weil sie zu Hause immer auf Zigaretten gefilzt wurden.

Die Flippers sagten Arrivederci, und den Piccolo lieblich, für die Mama, goss der Theo unter Gemurmel, über die Grabbepflanzung. Aber rückwärts. Hinter sich, über die Schulter. Eigentlich war das Tradition in Santiago de Copostela, bis er es hier einführte. Dann haben die damit aufgehört, die Russen. Die sind nämlich vom Glauben abgefallen. Abzüge der Bilder von diesem Ritus, erhielt ich jedes Jahr per Post. In Postkartegröße.

So etwas haben die Leute noch nie gesehen, das kannst du mir glauben, schwärmte Klara. Im nächsten Jahr würden ihr Bruder, der Vater, und die Tante, das gleiche Programm kriegen. Dann wird es bestimmt wieder voll, vermutete Klara, weil die Gabi, von der Bäckerei Grab an der Ecke, vorher tüchtig Reklame macht. Die war doch das Tageblatt vom vom ganzen Dorf.

Die Gabi selbst hatte den Theo auch schon gebucht. Immer für den Elften Elften, elf Uhr elf. Exklusiv für ihren Egbert. Der lag genau schräg hinter Klaras Tante Käthe seit dem letzten Rosenmontag. Bei einer Faschingssitzung ist er von der Bühne gefallen, und war auf der Stelle tot. Er hatte nicht nur das Genick gebrochen, sondern auch noch literweise Weißweinschorle.

Der Egbert war Präsident des örtlichen Karnevalvereins. Natürlich sind alle gekommen. Das Funkenmariechen, die Tanzgarde, und der Fanfarenzug, die spielten den Radetzkymarsch. Die Büttenrede hat aber der Theo gehalten, gegen Aufpreis, das war mit der Gabi so abgemacht. Die Prozedur der Ordensverleihung war dabei, der wurde vom Elferrat an den nächstbesten Baum genagelt, kostete aber nichts extra. Für diese Vermittlung kriegte Klara einmal Tante Käthe umsonst, oder ihren Vater. Das konnte sie sich aussuchen.

Eine Hand wäscht doch die andere. Das war Ehrensache.

Die Preisliste dieser Prozessionen hing am schwarzen Brett, in der Friedhofsgärtnerei, die lieferten auch die alten Blumenköpfe, die sonst nur auf dem Müllberg landeten. Sie dienten noch als Teppich für den Theo, der leicht erhöht stehen musste, und wurden von Kindergarten Blumenkindern in Halloween Kostümen gestreut.

Alles Henker, und Skelette.

Es gab drei Kategorien. Die Standard, die Spezial und die Delüx, da waren dann kalte Platten dabei, die machte die Gabi drüben in der Backstube fertig. Dazu Prosecco und Bier. Das ging am besten.

Das stand aber alles auf der Liste, oder konnte im Internet nachgelesen werden. Wer kein Internet hatte, konnte sich bei der Gabi anmelden, in der Bäckerei Grab, da lagen die Formulare, und Kugelschreiber auf der Kuchentheke rum. Das Radio schafften sie bald ab, und engagierten dafür lieber eine Einmann Combo, die bestand aus nur einem Sänger. Einem rotenhaarigen Lockenkopf. Simply Dead. Der sang acapella. Der konnte einfach alles, von Ave Maria bis Zappa, und am besten summte er. Das Lied vom Tod.

Das Friedhofsgeschäft lief ruhig an, aber bei der Werbung, konnte noch Gott weiß was kommen. Zur Not wurde eben noch einer eingestellt, wegen der ganzen Voranmeldungen und so. Manche hatten ihre Beerdigung schon komplett durchgeplant, denn eines war sicher, gestorben wird auf jeden Fall.

Das waren die Neuigkeiten, und noch längst nicht alle, als es bei Klara an der Tür bimmelte es. Bleib dran, sagte sie, ich blinze zuerst durch den Spion. Wenn keiner zu sehen ist, dann sind es die Liliputaner, die bringen die Bonsai Bäumchen, für die Terasse. Ich funke später nochmal durch.

Es war eine Woche vergangen, als ich gutgelaunt die Tür der Praxis, von Frau Doktor Dittmann hinter mir schloß. Es war alles in bester Ordnung, versicherte sie mir, und lediglich ein Lipom. Ganz harmlos, das bestätigten die endgültigen Untersuchungen vom Labor. Ich war froh, und Heini auch, der um drei, zwei Wienerchen bekam, und um vier Durchfall.

Ich rief bei Klara an, die offenbar gar nicht mehr an meinen Termin gedacht hatte. Der Augenblick war ungünstig, denn sie war gerade dabei ein Paket zu öffnen. Eine Nachnahme.

Ich muss schnell auflegen sagte sie geschäftig, der Bote war gerade da. Zwei riesige Päckchen. Endlich. Es sind die Engel. Ich hoffe für die Post, dass die noch ganz sind. Die schmeißen doch immer alles so rum, das weiss ich von der Evi, dem Trampel. Wie welche? Das habe ich dir doch erzählt, der Wunschengel und der des Glücks. Du kannst froh sein, dass die schon da sind, so kann ich gleich anfangen mit dem Wünschen. Für deine Mutter... ,

wie du siehst gibt es keine Zufälle im Leben, das hat Frau
Heinrich auch immer gesagt.

Aber jetzt rate mal, wo ich sie gefunden habe, kommst
du nie drauf... , bei der Sabrina. Die hat einen Engel-
shop stell dir vor. Die entwirft sie alle selbst, und danach werden sie geweiht, natürlich erst nachdem der
Theo sie gechannelt hat. Was? Jetzt hör doch mit dem
Theo auf... du weisst doch, dass ich mit den Engeln
eine besondere Verbindung habe. Deswegen werde ich
im Flur einen Altar einrichten, da stell ich sie dann alle
drauf. Schon wegen dem Gabriel... , nächsten Monat
kommt der noch Engel des Erfolgs. Der Liebesengel ist
erst im Herbst fertig, ich steh schon auf der Warteli-
ste. Die sind doch ratzfatz weg die Dinger. Die Elfi hat
keinen mehr gekriegt. Wunderschön sag ich dir, und
gar nicht mal so teuer. Jeder kostet knapp dreihundert
Euro. Nur der Lichtengel nicht. Der ist nur halb so
groß, und kostet deshalb doppelt soviel, weil der ganz
andere Schwingungen hat, verstehst du? Sowas musst
du erst mal finden. Gar nicht mit Geld zu bezahlen ist
das, geweiht und alles, überleg doch mal. Wieso sollen
die aus Holz sein? Nein, aus Plastik sind die... , aber das
ist doch nun wirkich egal. Spielt doch überhaupt keine
Rolle bei der schönen Verarbeitung. Ich schicke dir Fotos. Du verstehst doch was von Kunst. Hast dir doch
früher immer teure Zeichnungen gekauft, und nicht
mal schön. Mir gefalllen sie jedenfalls nicht. Da kann
man ja gar nichts drauf erkennen. Und überhaupt, wer
ist denn Horst Janssen? Na, ist ja auch egal. Ich muss
sie ja nicht aufhängen.

Aber einhängen. Ich werde gleich die Engel auspacken. Die Lilien hab ich auch schon da. Schneeweiße Das waren doch die Lieblingsblumen von meinem Bruder, weisst du noch? Heute, genau heute vor zehn Jahren, hat er sich umgebracht... wie doch die Zeit vergeht.

Umgebracht? Mir ist fast der Hörer aus der Hand gefallen. Das war das Erste was ich hörte. Ich wusste von einem tragischen Unfall.

Was? Dummes Zeug, widersprach Klara, das habe ich niemals gesagt. Du hörst eben nur das was du willst.

Also, mein Bruder hat doch die Dorfapotheke überfallen, aus purer Verzweiflung. Wieso? Na, weil er nicht schlafen konnte. Er hat sämtliche Betäubungsmittel herausgepresst. Was? Aber nein, mit Verbandszeug an den Stuhl gefesselt... , die Pillen hat er dann alle auf ein Mal geschluckt, mit vier Litern Wasser. Das weiss ich deshalb so genau weil er die Pfandflaschen noch drüben abgegeben hat, bei der Emma im Laden. Als er durch das Feld nach Hause rannte, blieb sein Herz stehen. Er war schon längst tot, als der Trecker ihn überrollte. Dafür konnte mein Vater nichts. Er war rein zufällig im Wald. Das habe ich denen von der Polizei auch gesagt. Selbstmord war das, meint der Theo auch.

Tablettenvergiftung. Daran gibt es keinerlei Zweifel, war doch bei dem Roy Black genau so. Wie? ... ach hör doch auf. Was die Ärzte damals zu dir gesagt haben, ist doch völlig uninteressant. Die lügen sich selbst was in die Tasche, und den Hinterbliebenen was vor, diese Quacksalber. Ist doch furchtbar sowas.

Manchmal bin ich richtig wüntend, dass er mir das angetan hat, mich so hängenzulassen mit Mama, und ihren ganzen Krankheiten. Du siehst ja, mir bleibt nichts erspart. Jetzt lass mich aber weitermachen mit den Engeln, und mecker nicht rum. Ist ja schließlich für deine Mutter. Ich fang gleich mit dem Sprühen an. Bio Engelsblut. Ohne Treibgas. Das ist aber nur die Vorbereitung. Zehn Minuten einziehen lassen, und dann muss das rote Zeug wieder abgewaschen werden. Eine Riesensauerei ist das, das kann ich dir sagen, aber es hilft. Stellt der Theo nachts bei Vollmond her. Aber nur bei Blutmond.

Das war zu viel an Information für mich. Ich ging an die Arbeit. Um abzuschalten. .

Ich schliff den ganzen Vormittag an einer Kommode. Dabei vergaß ich die Zeit, wie immer. Als Heini Hunger bekam, sind wir in die Küche gegangen, um eine Kleinigkeit zu essen.

Zwischendurch schickte mir Klara noch ein Foto von dieser roten Flasche, damit ich wusste, wovon die Rede war. Sie sah aus wie unser Feuerlöscher.

Ich zog mir eine leichte Strickjacke über, und fuhr los. In die Klinik. Es war schon halb vier.

Mutter schien es etwas besser zugehen. Die Schmerzen im Brustbereich waren weniger geworden. Es war Freitag, und das Wochenende stand vor der Tür. Da wurde nicht viel gemacht, nur alle zwei Stunden kam eine Schwester, zum Blutdruckmessen. Ihr war es langeweilig. Gut, dass ich an die Strumpfwolle gedacht hatte. Seit gestern lag Frau Aslan bei ihr im Zimmer. Auch

Herz. Die war stumm wie ein Fisch. Alles musste man ihr aus den Kiemen ziehen.

Ja, doch, ... nett ist sie, lenkte Mutter ein, und ihre Söhne erst. So einen Zusammenhalt gibt es bei uns nicht. Die kommen jeden Tag. Die ganze Familie. Mit Kind und Kegel.

Aber ich komm doch auch jeden Tag, Mutter, sagte ich. Das ist doch was ganz Anderes, Kind.

Ich kann nun mal die Familie nicht mitbringen, weil ich keine habe, und der Hund darf nicht rein...

Aber das weiss ich doch Kind. Mach dich nicht verrückt.

Beim nächsten Besuch, am darauffolgenden Tag, brachte ich den Beiden eine kleine Torte mit. Frau Aslan, die hoch Zucker hatte, freute sich, und vernichtete sie ganz alleine. Das war eine starke Angewohnheit von ihr. Mutter musste sogar täglich um ihre Tabletten kämpfen, und hatte bereits nach zwei Tagen schon den Krankenhauskoller.

Eine Weile hörte ich geduldig zu, bis es laut neben mir schepperte. Es war die kleine Tortenplatte, die zerbrochen auf den Fliesen lag, und Frau Aslan ohnmächtig in ihrem Bett. Zuckerkoma, winkte Mutter unbesorgt ab, dafür gibt es Spritzen. Bring morgen lieber vier Joghuttörtchen mit. Aber die von Aldi, die gehen.

Ich bekam Panik, und rannte auf den Flur. Glücklicherweise fand ich gleich einen Pfleger, der ihr eine Injektion gab. Mutter nickte anerkennend. Das hatte sie ja gleich gesagt. Insulin, wisperte sie, keine Bange, der Tomo ist ein fähiger junger Mann. Schade, dass der kein

Arzt ist. Sieht aber ganz genau so aus, oder nicht? Der hat hier alles fest im Griff, das kann ich dir flüstern. Die Schwestern spuren, sogar das Flintenweib.

Noch am Abend zu Hause sorgte ich mich wegen Frau Aslan. Ich hatte ein schlechtes Gewissen. Am nächsten Tag war aber alles wieder in Ordnung. Statt Joghurttörtchen, habe ich zwei kleine Orchideen im Topf mitgebracht. Mutter schob ihre gleich hinüber auf den Nachttisch von Frau Aslan, die immer noch glaubte ihr gehöre alles, denn sie hatte keine Lust auf neue Grundsatzdiskussionen.

Kind siehst du aber schlecht aus, begrüsste sie mich vor versammelter Ärzteschaft die sie gerade auf Asthma untersuchten. Sie bekam ganz schlecht Luft.

Du siehst aber wirklich furchtbar aus, das verstehe ich nicht. Bei deinen guten Genen. Die hast du von mir. Wer weiss wie dein Vater heute aussehen würde, er war ja schon mit vierzig so grau wie ein Esel. Würde er noch leben, könnten die denken er sei mein Vater. Das wär doch auch nichts.

Das war wieder typisch. Die guten Eigenschaften hatte ich von ihr, die schlechten von meinem Vater, und ich, konnte einem leidtun.

Klara meinte allerdings, ich hätte mich ganz gut gehalten, …. aber die fünfzig sieht man dir an, das muss ich dir ganz ehrlich sagen. Hättest du früher aufgehört zu bechern, könntest du noch fünf Jahre runterrechnen. Deine Zigarillos solltest du auch lassen. Der Bachman, der falsche Fünfziger, hat davon Lungenkrebs gekriegt. Du weisst doch, der von der Bank, der mich so falsch beraten hat mit den Aktien damals. Alles verloren habe ich wegen diesem Laien. Der machte doch so einen guten Eindruck. Hat die Elfi auch gedacht, bis er sie um ihr ganzes Vermögen gebracht hat. Aber alles rächt sich irgendwann. Seine Finger waren schon ganz gelb vom vielen Qualmen. In der Pfeife rauchen konnte man den, mal ehrlich. Wie gut, dass du wenigstens die Zigarettenspitze nimmst von meinem Vater. Wieso Art deco? Ein ganz uraltes Ding ist das, ... aber wenn es dir gefällt soll es mir recht sein. Gott sei Dank habe ich nie geraucht. Nicht eine Zigarette. Die Frau Hübschmann hat mich auf fünfundvierzig geschätzt. Schon vom Hautbild her. Was glaubst du wohl was die schon so alles gesehen hat unter ihrem Vergrösserungsglas. Sie ist fast in Ohnmacht gefallen, als sie gehört hat wie alt ich wirklich bin. Höchstens neunundvierzig, sagte sie. Allerhöchstens. Ich sage dir, wenn mir einer den Fünfer davor setzt, hänge ich mich auf.

Auf Grund dessen, hat das niemand je getan. Wer wollte das denn schon verantworten, wo doch Suizid in der Familie lag?

Klara wurde also optisch immer jünger. Vor zwei Jahren hatten wir Gleichstand, doch dann habe ich sie überholt. Um Längen.

VerdammteVanille Zigarillos.

Ich zündete mir eine an, und ging mit Heini spazieren, in den Wald. Als wir nach einer halben Stunde wiederkamen, hatte Mutter auf mein Band gesprochen. Morgen brauche ich nicht zu kommen, sagte sie. Sie hatte ja alles. Mir war es recht, so konnte ich den ganzen Tag draußen bleiben im Garten, und arbeiten.

Wir hatten Anfang Mai, und das Wetter war schön. Meine Tage plätscherten so dahin. Mir ging es gut. Ich war psychisch stabil. Meistens. Ich war froh keine großen Verpflichtungen zu haben, und feste Termine, weil ich sie fast nie einhalten konnte. Das konnte ich nicht leisten Ich war unzuverlässig geworden, und bin es noch, aber ich muss sagen es war schon schlimmer. An manchen Tagen, war ich einfach zu nichts fähig. Sagte Arzttermine ab, und ging nicht ans Telefon. An die Tür schon zweimal nicht. Selbst ein Gespräch mit dem Postboten war mir oft zuviel. Ich konnte nichts langfristig planen, nicht verbindlich sein. Eine Verabredung mit mir zutreffen, ist auch heute noch schwierig. Aber das will auch keiner. Mich kennt hier niemand.

Isoliert, und introvertiert meinte Klara dazu. Genau wie Marlene Dietrich, die telefonierte in ihren letzten Lebensjahren auch nur noch mit einer Freundin, und ist nicht mehr auf die Strasse gegangen. Bis sie dann gestorben ist, in ihrem Durcheinander. Genauso wird es dir auch mal gehen, das sag ich dir. Wie aussen, so innen. Das Chaos in deiner Umgebung spiegelt deine Seele wieder, das ist erwiesen.

Wieso denn Chaos? Ich war erstaunt. Bei mir sah es wenigstens bewohnt aus. Ganz im Gegensatz zu Klaras Wohnung. Dort bin ich mir jedesmal vorgekommen, wie in einem Schaufenster, von Möbel Flamme. Auch über Ordnung lässt sich streiten.

In meiner Therapie habe ich durch Gespräche herausgefunden, dass ich noch nicht ganz angekommen bin. Ich weiss auch, dass ich es nie sein werde. Es ist nur eine Zwischenstation, wie das ganze Leben. Wenn Mutter mal nicht mehr sein sollte, dann wird verkauft, und ich ziehe aus. Das Haus ist viel zu groß für mich. Ich habe mich so gut wie es geht eingerichtet. Ganz unten. Im Souterraine, für mich. Für Mutter Keller. Dort bewohne ich einen sehr schönen, und großen Raum, mit hellem Bad, und kleiner Küche. Alle meine liebsten Stücke habe bei mir, besonders Bilder und Skulpturen, Buddhas, und ein paar Kleinmöbel. Hier fühle ich mich wohl, und kann wieder schlafen. Vieles hat sich verändert. Ich entwickle mich immer mehr hin zum Minimalismus. Was ich nicht benutze, muss weg. Die meisten Dinge sind mir eher eine Belastung, als eine Freude. Nur wenig habe ich mitgebracht, und vor dem Umzug erstmal richtig aussortiert. Ein neues Bett war Pflicht. Ich wollte etwas anderes ausprobieren, und entschied mich für eine Wassermatratze. Tatsächlich waren nach der Eingewöhnung, meine Rückenschmerzen weg. Ob es an der Matratze liegt, oder an meinem Glauben daran, weiss ich nicht. Es hilft, das ist das Wichtigste. Alles Kopfsache.

Man sagt Gedanken sind frei, doch nur sie schlagen uns in Bande. Es sind unsere Gedanken, und nicht die Dinge, die entscheiden was wir fühlen. Das was wir ihnen zuordnen, was wir über sie denken, ruft unsere Emotionen hervor. Erblickt man irgendwo, ein zusammengerolltes Etwas, und denkt dabei an eine Schlange, macht es uns Angst, eine Schnur macht uns nichts, und eine Rosinenschnecke, guten Appetit.

Also sind wir es, die verantwortlich sind für die Gedanken, und die daraus entstehenden Gefühle. Niemand sonst.

Für mich jedenfalls ist dieses Wasserbett gut. Klara war da ganz anderer Meinung. Sie hielt es sogar für schädlich. Wenn du das Geschaukel brauchst überlegte sie, dann fahr doch mal mit dem Schiff weg, aber schlaf um Himmelswillen vernünftig. Nicht auf Starkstrom. Da braucht man sich nicht zu wundern, dass du sie nicht mehr alle beisammen hast, deine sieben Chakren. Die kommen doch total aus dem Gleichgewicht, und ins Schwanken. Gott sei Dank, schwankst du wenigstens nicht mehr.

Das stimmte. Das war wirklich gut. Ich trinke schon seit mehr als fünf Jahren nicht mehr. Darauf kann ich stolz sein, das muss ich mir manchmal sagen. Tut ja sonst keiner, weil niemand sich vorstellen kann, welche Ausmaße es zuletzt hatte. Nur mein Therapeut, mit ihm habe ich darüber gesprochen.

Mir schmeckte es nicht besonders, es ging mir nur um die Wirkung wie wahrscheinlich jedem Alkoholiker. Getrunken habe ich alles.

Ausnahmslos. Mit der Zeit wurden die Drinks immer klarer, im Gegensatz zu mir. Ich wurde zusehends verwirrter. Bis ich selbst die Notbremse zog. Es war noch nicht zu spät. Der Entzug war nicht leicht für mich. Ich bin mir sicher, dass ich nie wieder einen Tropfen anrühren werde. Oft habe ich überlegt in eine Selbsthilfegruppe zu gehen, oder zu den Anonymen Alkoholikern. Wenn ich mit Klara darüber zureden versuchte, sagte sie nur, ... was willst du denn bei denen? Die saufen doch alle, und das noch heimlich. Anonym bleiben wollen die, das glaube ich... , damit keiner was mitkriegt von diesen Orgien..

Sie konnte das nicht verstehen, weil sie nie getrunken hat. Sie kannte nur die Theorie. Ich aber die Praxis.

Am ersten Tag ohne Alkohol, ging es mir sehr schlecht. Psychisch, und körperlich. Die Tage davor hatte ich exzessiv getrunken, und zwar alles was im Haus war. Als ich aufwachte ging die Welt unter. Ich habe stundenlang geheult. Ich stand völlig neben mir. Habe Mutter angeschrien, Klara beschimpft am Telefon, der Babsi die Freundschaft gekündigt, für nichts, und wieder nichts. Für mich zählte nur noch der Hund, dem ich wie schon so oft versprach, jetzt ist Schluss. Dann zog ich es tatsächlich durch. Zwei lange Tage, habe ich nur geschlafen, mit freundlicher Unterstützung von Valium fünf. Es gab kurze Spaziergänge mit Heini, und drei Liter Wasser täglich. Am dritten Tag kam ich langsam zu mir. Ich fühlte mich wieder, zwar nicht gut, aber von da an wurde es täglich besser. Die Altlasten, die ich mit mir herumschleppte waren nicht weg, aber viel leichter zu ertragen. Zumindest wogen sie nicht immer schwerer, wie sonst nach jedem geleerten Glas. Ich lenkte mich mit allem Möglichen ab, und hatte wieder Spass an der Arbeit. Wenn ich nicht schlafen konnte blieb ich oft die ganze Nacht in meiner Werkstatt, und bastelte an irgend was. Ich musste ja diese Lücke ausfüllen. Etwas fehlte.

Dann bin ich irgendwie zu Gott gekommen. Über Buddha. Das ist nur ein Weg von vielen. Wie man es macht ist egal. Nur dieser entspricht eben am besten meinem Wesen.

Klara konnte das überhaupt nicht nachvollziehen. Sie konnte nie begreifen, dass es sich um eine Krankheit handelte.

Du lässt das Zeug einfach aus dem Hals, und fertig ist die Laube, so sagte sie immer, ... sieh doch mich an, ich habe noch nie einen Schluck Alkohol getrunken. Im ganzen Leben nicht, und dem Ralf gewöhne ich das auch ab, . . ist doch tödlich für sein Karma.

Ja, Karma spielt sicher in jedem Leben eine Rolle. Ich habe ich viel darüber gelesen, und gehört in Vorträgen, und bei Mönchen. Es war gut, mich für ein paar Wochen in einem Kloster aufzuhalten, um ganz auf mich selbst zurückgeworfen, zum Wesentlichen zukommen. Zum Wesen. Diese Stille kann viele Fragen aufwerfen. Wer bin ich, wo will ich hin? Was will ich erreichen, und ob es überhaupt etwas zu erreichen gibt. Wenn ja, was? Den Sinn des Lebens finden, der eigentlich nur im Glücklichsein besteht.

Aber wann bin ich glücklich?

Klara wollte davon nie etwas wissen. Hör mir bloß mit deinem Buddhismus auf, sagte sie immer. Du bist werde Madona, noch Richard Gere. Und der alte Lama, dem du durch ganz Deutschland hinterherfährst, ist in meinen Augen verkalkt. Was ist das überhaupt für eine Religion?

Gar keine, versuchte ich ihr zu erklären, es ist ein Weg, ... eine Schulung des Geistes... .

Was ist los... unterbrach sie mich, keine Religion? Du lieber Gott...

Buddhisten glauben nicht an Gott, probierte ich es nochmal... Wie, die glauben nicht an Gott? die gehören ja verboten, diese Heiden, glauben die denn nicht an ihren Buddha?

Doch, aber Buddha war kein Gott. Nur ein Mensch. Sowie Jesus.

Jesus war kein Mensch, protestierte Klara entschieden. Er war Heiler. Wie der Theo.

Theo? Seit wann das denn? Seit er in Assisi war.

Das glaubte auch nur Klara. Der Theo war ein ganz gewöhnlicher Halunke sagte Mutter. Nicht mal was Großartiges, sonst wäre er zumindest schon mal im Zuchthaus gewesen.

Sie hatte insgeheim eine Schwäche für sowas. Ich sollte ihr wieder Krimis mitbringen. Gescheite aber. Am liebsten waren ihr biografisch angelehnte Maffiageschichten. Vielleicht kannte sie den Einen oder Anderen von früher. Aus Italien. Immer stricken war doch auch nichts.

Das Telefon im Haus stand nicht still. Ich wollte nicht rangehen, weil ich nicht gemeint sein konnte, aber Mutter hatte mich ausdrücklich darum gebeten, in ihrer Abwesenheit abzunehmen. Die Leute wissen doch sonst nichts von mir, sagte sie.

Um viertel nach sieben, liess ich es zehnmal läuten, bevor ich endlich abnahm. Es war Mutters Freundin Ilse, auf die ich nicht gefasst war, und zu vergleichen mit einem Überfallkommando. Vor ihr gab es keine Rettung. Erwischte sie jemanden, der Geduld hatte, und ihr zuhörte, war sie nicht zu bremsen. Ihr Mann war taub, und trug neuerdings Tena Lady.

Der Helmut hatte es schlimm mit der Prostata, und muss alle zehn Minuten pinkeln. Er kann nirgends mehr hin, und ist mürrisch, weil er in dem alten Kinderzimmer von der Berta schlafen muss. In einem azurblauen Kinderplanschbecken. Die waren vergangene Woche wieder im Angebot, und Ilse hat alle Vorräte im Umkreis von fünzig Kilometern aufgekauft. Die zersetzen sich doch so schnell diese Dinger. Kein Wunder, denn jeden Morgen ist das Plastikteil voll, und der Helmut liegt im Nassen. Aber wenigsten warm. Gemeinsam kippen sie das randvolle Ovale dann in den Garten, das ist doch für Ilse alleine zu schwer. Der ganze Rasen ist schon verbrannt, so scharf ist die Brühe. Der pH-Wert ist so hoch, wie bei Salzsäure, das kommt aber von dem Helmut seinen Medikamenten, dafür kann er nichts. Es hilft auch kein Dünger. Im Garten wächst partout nichts mehr. Sie sind sogar gezwungen, es zu den Nachbarn hinüber zuschütten, damit sie wieder ansäen können. Ganz nette Türken sind das. Die fliegen jedes Jahr für sechs Wochen in die Heimat. Ilse hat schon immer in den Ferien drüben alles verkommen lassen, und wenn es heiß ist, gießt sie auch zweimal am Tag...., das machte sie doch gerne. Die würden es sowieso nicht merken denn von der Sonne war der Rasen auch ganz braun, wenn der Rasenmäher.....

Mir blieb kein Detail erspart. Ich war total entnervt, und nicht geneigt noch mehr zu erfahren. Mit einer Tüte knisterte ich eine Sörung, und legte wortlos auf. Ich nahm den ganzen Tag nicht mehr ab. Ilse hatte vergessen nach Mutter zu fragen. Ich richtete ihr später gelogene Grüße aus.

Ich fühlte mich ausgelaugt, und hatte noch nicht mal Lust eine Truhe abzulaugen, obwohl ich es mir, ür diesen Tag vorgenommen hatte. Ich musste raus. An die Luft, und ging eine Runde mit dem Hund. Er lief problemlos mit. Meistens kam ich nur bis zu den Mülltonnen, dann zog er schon wieder zurück. Er geht nicht gerne, und schon gar nicht weg von zu Hause. Endlich gehört ihm etwas, und er gehört zu wem. Er kam aus schlechter Tierhaltung, und hatte schon so einiges erlebt. Heini passte sehr auf, schon von Anfang an. Ein kleiner Straßenhund der zu Haus, Hof, und Angestellten gekommen ist. Wie der berühmte Tellerwäscher zum Millionär. So musste er sich fühlen.

Mutter sagt, er sei ein Kläffer. Er verteidigt eben. Ganz besonders mich. Manchmal auch etwas übereifrig, das ist wahr. Erst neulich schnappte er Frau Dietrich, die mich per Händedruck begrüßen wollte. Gegen Händeschütteln hatte ich schon immer eine Abneigung, von daher war es mir nicht unrecht. Ich ersetzte ihr die Gartenhose selbstverständlich. Das war doch sowieso ein alter Fetzen, den konnte Mutter schon lange nicht mehr sehen.

Heini ist in der Nachbarschaft nicht sehr beliebt. Auch sonst nicht. Er hat sich aber einen gewissen Respekt verschafft. Klara fand ihn schon immer unmöglich. Das beruhte aber auf Gegenseitigkeit.

Total verstört, urteilte sie wie immer voreilig, aber das würde uns sicher auch so gehen, hätten wir in Rumänien auf der Straße gelebt. Er wurde überfahren, und liegengelassen. Dort hatten ihn die Leute von Tiere ohne Grenzen, noch rechtzeitig aufgelesen. Als ich ihn holte, war er circa fünf Monate alt, und humpelte noch ein wenig. Es war Liebe auf den ersten Blick.

Er ist doch überhaupt nicht sozialisiert, und hässlich. Fett ist er auch, erschrak Klara schon als sie ihn zum ersten Mal sah. Doch Schönheit liegt nun mal im Sinne des Betrachters. Nach Klara konnte man sich ohnehin nicht richten. Sie fand alle Hunde wüst, außer dem Lord. Der war aber noch nicht geboren. Er existierte nur in ihrer Fantasie. Wenn sie sich wieder einen Hund ins Haus holte, würde sie ihn Lord nennen. Der kleine Lord, solange er noch ein Welpe war. Dieser Hund konnte nur ein Zwergspitz sein, alles andere ging gar nicht. Das Model von Gucci hatte sogar zwei.

Einen beigen auf dem Arm, das war kein Muff, und den kleinen Fuchs an der Leine. Das Foto kam per Post. Sie hat es für mich aus einer Illustrierten, bei Doktor Proktor herausgerissen, als sie wieder beim Venenspritzen war. Habe ich aus der Vogue, lautete die Notiz, ich weiß, du kennst das nicht. Modemagazin. Hochglanz.

Natürlich sind die süß, wie alle Hunde. Nur sehr teuer. Das war doch unnötig. Die Tierheime sind voll von niedlichen, und vor allem armen, bedürftigen Tieren. Ich würde einen von dort nehmen, habe ich ihr oft vorgeschlagen. Auf gar keinen Fall, das kam gar nicht in Frage. Es konnte nur so einer sein. Sie war sich nur nie sicher mit der Farbe. Es gab davon vier. In beige, schwarz, fuchs oder offwhite. Was meinst du? wollte sie wissen.

Das konnte ich ihr nie beantworten. Heini hat alle vier Farben. Wie gut, dass der kastriert ist, war ihr Kommentar. Apropos Hund, morgen kriegst du einen Umschlag von mir. Nur ein paar Fotos.

Der Ralf, und seine Frau haben sich doch tatsächlich einen Hund zugelegt. Und was für einen Köter. Wirst du ja sehen. Einen Bobtail. Das sind vielleicht Mistviecher, sag ich dir. Die Schwägerin von der Elfi, die hat so einen. Brandgefährlich. Bestimmt hat er ihn für sie gekauft, als Kindersatz, und gegen die Langeweile. Sie arbeitet ja nicht mehr seit der Heirat. Der Theo sagt, die haben sie rausgelobt, aus der Kanzlei. Pik Ass. Gefeuert. Jedenfalls kan sie den Braten nach der Scheidung behalten. Mir kommt der nicht ins Haus, das unterschreibe ich. Was glaubst du wie der haart.

Doch die Scheidung stand noch nicht im Raum, nicht mal in den Sternen von Theo. Sie lag in weiter Ferne. Im Universum. Auf dem langen Weg. Der Schwerpunkt lag auf lang, und lang war teuer. Der Theo ließ sich seine kostbare Zeit ordentlich bezahlen. Klara wusste das, aber es stand im Verhältnis.

Hör auf, mir ständig den Theo, und sein Honorar vorzuhalten, sagte Klara, um sich zu rechtfertigen, du weißt wohl noch nicht, dass uns die nächste Geldentwertung bevor steht. Da muss man richtig, und rechtzeitig investieren. In Grund und Boden. Du lebst wirklich hinter dem Mond. Die Elfi, hat gestern ihr Geld angelegt. Sie hat einen Stern gekauft. Einen Kleinen. Und ein Fernglas. . , was? Sei doch nicht wieder so aggressiv, ... falsch. Habe ich nicht. Für wie blöd hältst du mich denn? Ich warte, bis das Bauland ist, merkst du was? Ich bin doch Stier. Der steht für Materie. Ich kann im Gegensatz zu dir, mit Geld umgehen. Du kannst überhaupt nicht rechnen, das weiß auch deine Mutter. Schon alles Mögliche hast du durchgebracht. So sind sie nun mal, die Skorpione. Die haben ein Loch in der Hand, sagen die Franzosen, die Schweden glauben sogar in beiden. Dafür kannst du nichts. Wieso denn auflegen? Du musst jetzt streichen? Dann aber bitte gleich die Segel... .

Das Telefonat war beendet. Alles war gesagt. Eine Woche Funkstille.

Ich legte nicht auf, und wählte direkt die Nummer von Herrn Seidler, um einen Termin zu vereinbaren. Solange Mutter noch in der Klinik war, konnte er den Teppich, im Wohnzimmer, verlegen. Sie hatte von Heini einen Gutschein bekommen, für neue Auslegeware. Ein Hund macht viel Dreck auf dem Fussboden, und manchmal auch drauf. Empfindlicher Magen, und Darmtrakt, entschuldigte Mutter, das haben alle weißen Hunde. Genau wie die Albinos, die haben auch alle Fehler. Zu bedauern waren die.

Wirklich wahr..

Am Nachmittag, wollte ich ihr die Post bringen. Der Briefträger war gerade da. Sie wartete auf eine Rechnung. Darauf wartet sie immer, und bezahlt am liebsten schon im Voraus. Es war nichts dabei, nur Reklame von Shop mop, und ein großes, gelbes Kuvert von Klara. Darin waren drei Fotos, und ein Haustier Rundumblick für Heini. Der Theo war sich aber auch wirklich für nichts zu schade, dachte ich mir.

Ein Bild zeigte Doktor Proctor, den sie heimlich beim Venenspritzen von hinten aufgenommen hatte, damit ich sehen konnte, welchen Plagen sie ausgesetzt war. Auf den anderen beiden war ein Hund zu sehen, und eine dunkelhaarige Frau.

Der Hund war noch jung, und richtig süß.

Das war mir klar, meinte Klara schnippisch, als sie mch später anrief. Typisch. Was sagst du zu seiner Frau? Sieht doch grottenschlecht aus, oder nicht? Falten hat die vielleicht, hast du gesehen? Ich habe Gott sei Dank keine mehr, seit der Professor Schneider sie mir aus dem Gesicht geschnitten hat. Zuerst sah ich wie ein Säure-Opfer aus, ich wollte ihn schon verklagen. Aber jetzt bin ich sehr mit dem Ergebnis zufrieden. Man muss eben die Pausen abwarten. Dein Reden.

Doch jetzt sag mir nur, wie der Ralf das aushält. Kein Wunder, dass er immer unterwegs ist, und arbeitet. Was? Woher ich diese Poster schon wieder habe? Von der Babsi natürlich. Der habe ich mein altes Telefon geschenkt. Sehr gute Auflösung, nicht wahr? Wie wo? Die Babsi ist am See, dort, in der Nähe wohnt doch der Ralf.

Wunderschöne Natur, siehst du ja. Da geht sie jeden Tag dreimal laufen mit dem Kalb... , die Babsi doch nicht, Herrgott nochmal.

Seine Frau. Das Vieh braucht doch Auslauf. Anders als der Heini, das kannst du gar nicht vergleichen, der hat doch dreimal so lange Beine. Wofür schicke ich dir denn die ganzen Bilder? Früh um halb sechs, um zwölf, und um achtzehn Uhr, geht sie raus mit diesem Koloss. Die Babsi mit den Kindern auch, ja. Später lässt sie ihn nur noch in den Garten machen, immer nach den Nachrichten. Auf dem ersten Foto, hat sie gerade einen Riesenhaufen von der Töle weggemacht. Jetzt kannst du dir ungefähr vorstellen, was der so von sich gibt, und das dreimal täglich. Ist doch eine Sauerei. Was? Eben nicht, ... du bist aber auch gehässig, ... sie stand rein zufällig vorm Zaum. Die Kleine ist dort hingefallen, wieder aufs Knie. Hier stinkt es, muss sie gesagt haben, als sie unten lag. Was? Wieso ich die Babsi instrumentalisiere? Lass doch bitte deine Ausdrücke, ... du kennst sie doch. Fotografieren ist ihr Leben. Gerade wenn sie auf Reisen ist. Ach komm, hör mir auf mit dem Kindergarten. Der ist zur Zeit geschlossen. Wegen Läusen. Außerdem bin ich dafür, dass sie was unternimmt. Ich mache mir nun mal Gedanken um meine Freunde. Die Babsi kenne ich auch schon bald zweihundert Jahre, und sie könnte wieder meine Tochter sein. Im früheren Leben war ich ihr Vater. Ich fühle mich immer noch verantwortlich für sie. Und ob... , das hat der Theo bei ihrer Rückführung herausgefunden.

Habe ich dir das nicht erzählt? Doch, das hat sie sich zu Weihnachten gewünscht, aber... Was? Du bist aber schlecht drauf. Mein Gott, ich weiß gar nicht was du wieder hast... Nein, mit dem Intercity. Die Kinder sollen doch was von der Landschaft sehen.

Wieso? Seit drei Tagen schon, im Seehund, süß nicht? Die brauchen frische Luft, so blass wie der Junge immer aussieht. Da können sie um den See laufen. Der Ralf wohnt weit ab vom Schuss. Mir zu ländlich. Da ziehe ich nicht ein. Dann wird eben verkauft, und wir wohnen erst mal bei mir. Wofür habe ich all die schönen Möbel und Accessoires denn sonst gekauft? Wie? Nein, da muss ich dich enttäuschen, ich habe sie nicht dort hingeschickt, um den Ralf zu beobachten. Der ist nämlich gar nicht da. Nein, auch nicht bei mir. Er ist unterwegs. Geschäftlich. Man hat ihn wieder angefordert, nach England... , um die. Babsi brauchst du dir wirklich keine Gedanken machen. Sie sitzt mit den Kindern im Speisesaal, beim Frühstück. Gerade hat sie mir eine Bildnachricht geschickt, von den Rühreiern. Den Namen weiß sie jetzt auch. Der Köter heißt Benjamin, siehst du, ... dann versuche ich es mal damit. Ich habe vorher schon alles Mögliche probiert. Wieso? Du kannst vielleicht Fragen fragen, ... der Ralf hat doch sein Passwort geändert. Ich komme nicht mehr in seinen Posteingang rein. Die meisten Leute nehmen den Namen ihrer Haustiere. Die Babsi hat Pauli 99, so heißt doch die Krähe. Und du?

Heini 007, sagte ich tonlos. Na bitte, sag ich doch.

Mir platzte fast der Kragen. Ich war drauf und dran, Klara ernsthaft die Freundschaft zu kündigen. Das war Stalking. Ich war lange nicht mehr so wütend und aufgebracht.

Beruhige dich, meinte Klara, wir stalken doch keinen. Die Babsi schon gar nicht. Sie tut nur was man ihr sagt, von alleine kommt sie auf gar nichts. Sie braucht immer Anweisung. Außerdem stalken nur Männer. Ich sehe, du hast damit ein echtes Problem. Eine richtige Psychomacke ist das bei dir schon, das hat sogar deine Mutter gesagt. Du solltest dir Hilfe holen, und zwar richtige. Deine Therapie scheint dir auf jeden Fall nichts zu bringen. Hab ich ja gleich gesagt. Bei mir hat es auch nicht geholfen, das habe ich sofort gemerkt, und nach einer Viertelstunde, abgebrochen. Das Recht hat man. Mein Therapeut wollte, dass ich meine Tabletten absetzte. Die würden mich nur ausbremsen, sagte er wörtlich, und sie machen vergesslich. Wie steht es denn mit Ihrer Libido, fragte er mich dreist. Haben Sie noch Lust auf Sex? Erstens hatte ich keine Lust, und zweitens, keine Zeit, weil ich noch einen Termin bei der Alex hatte. Natürlich bin ich sofort gegangen, habe ihm die Tür vor den Kopf geknallt, und vom Auto aus gleich die Krankenkasse informiert. Zwei Wochen später war die Praxis zu von diesem Sittenstrolch. Die Tabletten habe ich trotzdem abgesetzt, ... wo sind meine Tropfen?

Mir fiel es schwer mich auf etwas zu konzentrieren. Ich wurde durch Klara wieder daran erinnert, wie es war, wenn man ständig beobachtet, oder gar verfolgt wurde, und gejagt. Das kann ein Leben zerstören. Du kannst alles verlieren, die Arbeit, die Freunde, die Achtung, und den Blick. Man kann nicht mehr klar denken, wird manipuliert und isoliert. Du bst völlig alleine mit der Angst, die immer größer wird. Meistens hilft nur wegzugehen. Alles Vertraute und Geliebte verlassen. Wenn es erst mal soweit gekommen ist, liebst du nichts mehr. Am wenigsten dich selbst, und dein Leben. Du hast kein Leben mehr. Nicht selten kommt es zum Tod. Später heißt es vielleicht Selbstmord, was nicht stimmt. Es ist oft der vermeintlich einzige Ausweg, aus der Hoffnungslosigkeit. Mir wurde plötzlich übel, ich fühlte mich plötzlich zurück versetzt, ...

Ich musste mit Klara darüber reden, ganz im Ernst. So ging es nicht weiter. Auch Babsi wollte ich anrufen, in den nächsten Tagen. Ich fühlte mich matt, wie kurz vor einer Grippe, dennoch raffte ich mich auf, ich war mit Herrn Sinn verabredet, zum Gespräch. Um drei. Lust hatte ich nicht die Geringste, aber ich wollte nicht schon wieder absagen. Es war viertel vor.

Ich riss mich von meinen Gedanken los, und verließ die Werkstatt.

Eine Woche hatte ich nicht mit Klara telefoniert, als ich sie anrief, um zu hören, ob alles in Ordnung war. War es nicht. Klara hatte Migräne. Wegen der Gisela. Sie konnte seit Tagen nicht mal ans Telefon, und lag oben, im verdunkelten Schlafzimmer. Mit einer Schlafmaske, damit auch kein Lichtstrahl durchdringen konnte. Um sie herum war nur negative Energie, die ihre Aura vergiftete. Immer wieder, da konnte der Theo sie so oft schließen wie er wollte. Der kleinste Kontakt mit der Gisela, nahm Einfluss auf ihre Chakren.

Besonders das Stirnchakra. Schon beim Läuten des Telefons, begannen prompt die Kopfschmerzen wieder, wenn es die Gisela war.

Es wird wohl darauf hinauslaufen, dass ich den Kontakt einstellen muss, schnaufte Klara, das hätte ich nie gedacht. Sie neidet mir alles. Besonders den Ralf. Neid ist eine der schlimmsten Eigenschaften die ein Mensch haben kann, sind doch deine eigenen Worte. Eine der sieben Todsünden ist das. Zum Glück, weiß ich mich vor dem bösen Blick zu schützen. Ich warte täglich auf die Luftpost. Die Elfi auch. Was? Nein, ... das ist keine neue Spinnerei von Theo. Wir haben es schon vor Wochen bestellt. Ein Amulett. Ja. Aus USA? Nein. Viel weiter weg... errätst du nie... , wenn du es genau wissen willst, es kommt von den Plejaden... , bist du noch dran? hallo? hörst du mich? Lass es dir doch wenigstens mal kurz erklären, ich dachte du interessierst dich für die Quantenphysik. Wieso? Hat damit nichts zu tun? Ist doch jetzt auch egal, hör zu.

Also, das Metall, von diesem Amulett, kommt von den Plejaden. Das gibt es auf der Erde überhaupt nicht, und ist wertvoller als Gold.

Chemiker aus aller Welt haben es bestätigt. Wieso das denn? Du bist aber wieder biestig, hast du schlecht geschlafen? Das hat überhaupt nichts mit dem Theo zu tun, der weiht nur den Stein, der da reinkommt sonst nichts.... , ich habe den Mondstein genommen, wegen der Transparenz. Die Elfi den Türkis, das ist für die Indianer, der Stein des Himmels. Ist natürlich Quatsch, du kennst ja die Elfi, der kann man alles erzählen, egal wie weit hergeholt es ist. Es geht aber weiter, pass auf, der Anhänger, ist besonders leicht, lund hat unglaublich hohe Energieschwingungen. Es schwimmt sogar im Wasser, stell dir vor. Was? Natürlich, das haben wir bei der Demonstration doch selbst gesehen. Ja. Die Elfi auch. Im Mai. Da ist dieser Bell, gerade zurück gekommen. So heißt dieser Amerikaner, den die Plejaden entführt haben. Nach sieben Jahren haben sie ihn wieder zurückgeflogen, und auf einem Kornfeld rausgelassen. Die Abdrücke von dem Ufo kann man heute noch sehen. Und ob. Mit einer Propellermaschine. Der Rundflug war nicht mal so teuer. Bitte? Freilich. Seine Frau hat ihn überall gesucht.

Sieben Jahre sind doch nichts bei den Plejaden, ungefähr so wie bei uns sieben Tage. Das wussten die aber nicht, sonst hätten sie ihn schneller wieder nach Hause gebracht. Für ihn war das nicht weiter schlimm, die sollen ja auch unglaublich nett gewesen sein, und höflich. Ja, das Essen war auch gut, ... du, die haben alle kleine Pyramiden auf dem Kopf, so laden die sich wieder auf, energetisch. Unter den Großen liegen sie nachts. Die ganze Innung. Das sind doch alles Metallarbeiter, verstehst du? Vom Tourismus können die jedenfalls nicht leben. Diese Pyramiden sind auch aus dem Material. Die kann man im Internet bestellen, und selbst zusammen nieten, aber ehrlich gesagt, die sehen gar nicht gut aus auf dem Kopf. Mir stehen sie jedenfalls nicht, obwohl ich ja ein Hutgesicht habe, und Brillen. Brillen stehen mir auch, das musst du ja zugeben. Die Elfi hat eine mitbestellt. Für ihren Mann. Da spielt es keine Rolle. Was? ... nein, nein, ich doch nicht. Auf jeden Fall dieser Bell, nein, er war nicht persönlich da, das ist es ja,.. der hat doch gar keine Zeit. Er liegt mindestens acht Stunden am Tag in Meditation, unter seiner Pyramide, und tauscht sich mit den Plejaden aus, genauer gesagt mit einer Plejaden Dame. Zu Forschungszwecken, so nennt er das. Für mich ist da was gelaufen da oben. Welcher Mann telefoniert schon acht Stunden am Tag, kannst du mir das mal sagen? ? Seine Frau will sich scheiden lassen. Sie muss was mitgekriegt haben. Der Theo hat geheime Aufnahmen gesehen von diesen Plejadentanten. Die sind alle über einsachtzig groß, haben lange Hälse, und noch längere Beine, ... und dünn sollen sie sein, nur oben herum etwas dicker, etwa da, wo bei uns der Busen sitzt. In der Taille wieder schmal. Kannst du dir das mal bitte in Prada vorstellen, hä? Wir sollten uns auf harte Konkurrenz aus dem Weltraum gefasst machen. Der Theo fusioniert bereits mit der IG All Metall. Er hat geplant eine Agentur zu gründen, und diese Plejaden Frauenzimmer, an Männer in ganz Europa zu vermitteln. An die, denen nichts exotisch genug ist, oder keine Widerworte vertragen. Die Plejaden können nämlich nicht reden, diese Stummfische. Kommunikation nur durch Gedankenübertragung, so läuft das ab bei denen.

Vorausgesetzt, dass der Gesprächspartner sein Gehirn eingeschaltet hat, was aber selten vorkommt, wenn die Männer ihren Kopf wo anders haben, du weißt schon, ... das steht uns alles noch bevor. Wenn erst mal Eine da ist, holen sie ganz schnell ihre Cousinen, Nichten, und Tanten nach. Wenn es darauf ankommt sind pötzlich alle miteinander verwandt. Die halten doch zusammen diese Ufos, glaub mir. Grünes Blut ist dicker als Sirup. Da wird noch so manche Ehe geschieden, wegen so einer Plejadentussi, da achte mal drauf. Was? Grün, ja... , ich bin auf jeden Fall absolut dagegen. Hoffentlich spielt das Gewerbeaufsichtsamt nicht mit. Den Laden muss er nämlich bei denen anmelden, der Theo. Ich soll mir einen Namen überlegen für die Firma. Das ist mir doch schnuppe, habe ich gesagt. Nimm doch Sternschnuppe, oder Wolke sieben. Von mir aus auch Himmel, Arsch und Zwirn. Mir doch egal. Ich könnte, den Theo auf den Mond schießen momentan, ganz im Ernst. Später soll ich im Büro das Telefon bedienen. Einen Teufel werde ich tun.

Das kann er gleich vergessen. Die Babsi auch nicht. Die ist für siebter Himmel, oder Milchstraße. So ein Käse. Mir ist das Wurst, ganz ehrlich. So etwas unterstütze ich nicht. Bald haben wir hier gar nichts mehr zu melden, auf diesem Planeten. Vielleicht verbieten sie uns noch den Mund, oder wir müssen erst anfangen zu denken, bevor wir ihn aufmachen. Nicht auszudenken. So langsam werden die mir zu übergriffig, diese Himmelhunde. Die von der Vega, sollen ja auch schon hier sein. Aber nur die Männer, glaube ich. So einer kommt für mich nicht in

Frage. Ehrenwort. Ich habe zwar noch keinen Veganer gesehen, aber die Elfi. Einer wohnt bei ihr im dritten Stock, das hat ihr der vom Bioladen im Vertrauen erzählt, die sind schon voll darauf eingestellt. Auch die Restaurants. Und die Fabriken. Sogar spezielle Schuhe gibt es schon für die. Vielleicht habe die ja Plattfüße, wer weiß, . . die Elfi meint die haben Füße, wie Bügeleisen, auch so heiß. Darum ziehen die gar nichts aus Leder an. Das fängt doch bei Hitze an zu stinken. Kein Wunder dass sich die Erde immer mehr erwärmt, sind wir doch mal ehrlich... . , da fällt mir gerade ein, ich muss gleich noch die Elfi anrufen. Möglicherweise ist ihr Amulett schon da. Sie hat es auch bitter nötig, das sage ich dir, es ist nicht leicht mit ihrem Winnetou. Alles muss immer nach seinem Kopf gehen. Diese Macke mit den Indianern, würde ich nicht mehr mitmachen in dem Alter. Die Elfi ist aber auch vertrottelt. Das war sie schon immer.

Aszendent Fische, sage ich nur. Sie heißt jetzt übrigens El Shalom. Das ist die Übersetzung von Elfriede. Meinetwegen. Für uns ist, und bleibt sie die Elfi, oder nicht?

Ich hatte, für diesen Tag genug gehört, und fuhr ins Krankenhaus, bewaffnet mit Obst und Zeitschriften, die Mutter bei mir bestellt hatte. Im Krankenzimmer herrschte ein reges Treiben. Frau Aslan hatte wieder Besuch vom Ausland, die alle neune um sie herumstanden wie angewurzelt. Drei Kinder spielten Fangen, und rempelten ständig an Mutters Bett. Sie strickte, und sah gar nicht gut aus. Am Morgen hatten sie ihr ein Echogramm gemacht, und festgestellt, dass die rechte Herzklappe porös war. Ich ließ mir einen Termin bei Doktor Wolff geben, um mich genau zu informieren. Mutter konnte ich nicht trauen. Beim letzten Mal ging sie auf eigene Verantwortung, was sie mir verschwieg.

Ich sollte am besten gleich wieder gehen, sagte sie, damit der Hund nicht so lange alleine ist. Sie möchte gerne schlafen.

Wie sollte das gehen bei dem Lärm? Diese Kinder benahmen sich wie auf dem Spielplatz. Nachts kam sie auch nicht zur Ruhe, denn Frau Aslan klingelte ständig der Nachtschwester, die so ein lautes Organ hatte. Sie glaubte sicher alle Menschen haben einen Gehörschaden. Das macht der Umgang mit den alten Leuten hier, beschwerte sich Mutter. Komm lieber morgen wieder Kind, und bring mir Strumpfwolle mit, nimm aber eine schöne Farbe, nicht wieder schwarz. Ich werde dem Tomo ein paar Socken stricken.

Das ist nicht viel Arbeit, er hat doch kleine Füße. Höchstens einundvierzig, die Kleinen haben immer einundvierzig. Nimm weiß, er kommt doch aus Schwarzafrika, sagte sie im Flüsterton, das durfte Frau Aslan wohl nicht wissen.

Bis zum Aufzug überlegte ich, wer Tomo war. Dann fiel der Groschen. Mutters Krankenschwester. Richtig.

Wieder zu Hause angekommen blinkte der Anrufbeantworter. Klara säuselte etwas von halb sieben am Hauptbahnhof. Ich sollte bitte pünktlich da sein. Ich übernachte bei dir, ging es weiter, und morgen fährst du mich zu deiner Mutter. Das gehört sich ja wohl so. Da gibt es kein wenn und aber. Wir machen uns einen netten Abend, und sehen uns die Sternstunde an, die neue Sendung, von dem Theo. Sie haben ihm sogar ein eigenes Studio eingerichtet. Nachts zwischen drei und sechs, ist er immer auf Sendung, ... eine Kleinigkeit zu essen könntest du besorgen. Du weißt doch, ich kann sonst nicht schlafen. Abends brauche ich doch immer eine vollständige Mahlzeit. Aber mach dir nur keine Umstände. Ich bin doch unkompliziert, flötete sie.

Ich wusste was ich davon zu halten hatte. Zu einer vollständigen Mahlzeit zählte bei Klara Fleisch. Ihre Mutter sagte immer, ein Essen ohne Fleisch, ist doch kein Essen. Ich musste zum Metzger gehen, was schon Jahre nicht mehr vorgekommen ist. Außer für den Hund koche ich für keinen. Braten sollte sich Klara das Zeug selbst. Sie war eine fleischfressende Pflanze, sagte sie von sich selbst, davon konnte sie soviel essen wie sie wollte. Das macht ja nicht dick. Nur komisch, dass sie in den letzten Jahren beinahe explodiert war.

Ich bin schon seit langer Zeit Vegetarier, und Mutter habe ich auch dazu gebracht. Fisch isst sie schon noch. Mediterrane Küche, wie in Italien. Auch das kommt für mich nicht in Frage. Nichts mit Augen.

Klara kam also am nächsten Tag, mit dem Zug. Ich habe erfahren warum.

Ihr Wagen stand schon seit einer Woche, auf dem Hinterhof, bei Beul of Olaf, der Werkstatt ihres Vertrauens, zum Ausbeulen.

Irgendein Anfänger war ihr wieder reingefahren. Der Olaf war in Urlaub. Wie immer in Thailand. Ganze vier Wochen. Er war nämlich Sextourist, und hatte einen

Hang zu solchen Frauen. Vor zwei Jahren brachte er sich eine mit. Wie eine Trophäe. Der Typ Mona Lisa, die kriegte das dämliche Grinsen auch nicht mehr aus dem Gesicht. Ihr Name war Mein Thai. Auf dem rechten Oberarm, war sie international tätowiert. Neben Zahlen, gab es auch Dollar und Eurozeichen. Das war sicher ihre Preisliste. Klara hat die zwei des Öfteren im Asia Imbiss gesehen. Da bestellte der Olaf immer die vierundzwanzig. Ching Chang Chung, das wusste der Chong schon.

Drei Wochen später, war die Mein Thai verschwunden, ohne Klara etwas zu sagen, obwohl sie mittwochs noch zum Putzen bei ihr war. Zum Glück, ließ sie bei Klara nichts mitgehen. Bei dem Olaf dagegen, fehlte so ziemlich alles. Die ganze Hehlerware, und das Geld von den Autoschiebereien war weg. Drei Oldtimer, mit gefälschten Papieren, Modellautos waren das, und ein riesiger Goldbarren, ein Kilo schwer mit Schlitz oben, fehlte auch. Diese Spardose hatten die Schlitzaugen sich auch unter den Nagel gerissen, da war das gesamte Trinkgeld drin. Lediglich ein paar Raubkopien und Plagiate waren noch im Panzerschrank. Als das der Pizzabäcker vom Mama Mia hörte, im Eiscafe drüben, ging ihm der Arsch auf Grundeis. Aus gutem Grund. Diese Imitationen gehörten ausnahmslos ihm, und waren nummeriert. Alle gleich. Mit seiner Hausnummer.

Die Polizei, diese Nullnummern, haben bis heute noch immer keine Hinweise auf die Täter. Die Sache war mysteriös.

Die arbeiten doch eng mit der Chinesen Maffia zusammen, diese Reisschüsseln, und operieren meistens nachts, unter Decknamen, sagte Klara zu dem Inspektor vom Dienst. Sie mussten die Autos vom Hof getragen haben, um den Olaf nicht aufzuwecken, anders konnte das nicht gewesen sein. Denen siehst du nie an, was sie denken. Das liegt an den Augen. Verschlagen sind die. Alle durch die Bank.

Der Olaf, was sich später erst herausstellte, wusste offenbar zu dem Zeitpunkt nicht, mit wem, er es zu tun hatte. Die Mein Thai war überhaupt keine Frau, zumindest war sie noch nicht fertig umgebaut. Hier und da fehlte was, und ein kleines Stück war wo zuviel, ...Klara hatte doch die allerfeinsten Antennen für so etwas.

Den Adamsapfel konnte man vom Flugzeug aus sehen, das mit dem Kropf glaubte auch nur der Olaf. Auffällig waren besonders ihre Hände. Die waren so groß wie Klodeckel. Das alles sagte Klara auch artig vor Gericht aus. Sie war doch Kronzeugin. Die dürfen nicht das kleinste Detail auslassen. Alles war wichtig für die Strafverfolgung.

Der Olaf sollte langsam, die Nase voll haben von denen, zog Klara ihre Schlüsse, ... ich mag sie jedenfalls nicht diese Teebeutel. Da sind mir sogar die Portugiesen noch lieber, ganz ehrlich...

Beladen wie ein Maulesel kam sie, am frühen Abend, am Bahnhof an. Der Zug war pünktlich, aber ich hatte mich verspätet.

Feierabendverkehr, entschuldigte ich mich bei Klara, die schon im Bahnhofsrestaurant bei Cappuccino, und Bremer Kapuzinertorte saßSie stocherte böse auf der Sahnekapuze herum, und sah mich giftig an. So was nennen die Kaffee, begrüßte sie mich. Eine Frechheit ist das. Den hat einer mal an der Kaffeemaschine vorbei getragen, so schmeckt die Brühe, ... und das für vier-achtzig.

Ab-ge-brüht! Sie streckte mir vorwurfsvoll die Karte hin, als wäre ich verantwortlich für die Preise. Zugenommen hatte sie auch wieder. Das merkt aber keiner, weil ich so groß bin, winkte Klara lässig ab, als ich wieder mit gesunder Ernährung anfing. Das fällt nur dir auf. Andere, die mich nicht kennen, sehen das nicht, sagte sie, mach dir keine Gedanken.

Die beiden Reisetaschen unter der Eckbank, waren für Mutter. Klara war sich sicher, dass ich keine Ahnung davon hatte, was man in der Klinik so alles brauchte, und deswegen bestimmt wieder das Verkehrte eingepackt. Ihre arme Mutter war die letzten Jahre fast nur im Krankenhaus. Drei rappelvolle Taschen standen immer parat, im Flur. Für alle Fälle.

Wie oft hatte Klara der Frau schon das Leben gerettet. Das konnte sie gar nicht mehr zählen. Wenn sie nach dem zweiten Klingeln nicht am Telefon war mit ihrem Rollstuhl, alarmierte Klara sofort die Rettung. Die mussten sie dann bergen. Da konnte ihre Mutter protestieren so viel sie wollte, und die vom Pflegedienst auch.

Irgendwann haben sie ihre Telefonnummer geändert. Na und? Dann wurde eben ein Lastentaxi gerufen. In solchen Dingen, ließ Klara nicht mit sich handeln. Mit Krankheiten, kannte sie sich bestens aus. Sie war im früheren Leben Arzt, und heilte unter anderem, durch Handauflegen. Warzen besprechen konnte sie noch immer aus dem Effeff. Das hat sie auf wundersame Weise mit herübergerettet, ins Jetzt. Nur bei der Elfi hat es nicht geklappt. Die Warze am Hals war nicht weg zu reden. Die hat doch Lederhaut.

Am nächsten Tag, sind wir ins Krankenhaus gefahren. Mutter freute sich. Großzügig wie Klara nun mal war, hatte sie an alles gedacht. Sogar an Frau Aslan. Sie wünschte ihr gute Besserung, mit einer iSchachtel Pralinen. Schnapsbohnen mit Himbeergeist. Diese Packung war überdimensioniert groß. Klara kannte kein Mittelmaß. Ich gab noch zu bedenken, dass Zucker nicht gut war für Frau Aslan.

Ach was, tat Klara es ab, da ist soviel Alkohol drin, der zersetzt doch den Zucker, ist doch logisch. Das macht überhaupt nichts, glaub mir.

Frau Aslan bedankte sich herzlic, und nahm schnell das Geschenk an, ohne mit der Wimper zu zucken, lästerte Mutter, die es aus den Augenwinkeln ganz genau gesehen hatte. Frau Aslan würde niemals Gaben ablehnen. Das dürfen die Dort nicht. Das wusste Mutter, aus einer Doku, von Da. Vom Fernsehen.

Als die Besuchszeit fast zu Ende war, und die Schachtel lotterleer, schlief Frau Aslan tief und fest. Sie schnarchte sogar, das machte sie nachts ganz genauso, nur nicht so laut. Trotzdem konnte Mutter sich nicht richtig erholen, sie hatte einen leichten Schlaf. Frau Aslan aber merkte nichts mehr. Auch nicht, dass ihr ältester Sohn herein kam. Wahrscheinlich wollte er nur die Dreckwäsche abholen, er hatte nämlich die karierte Tasche dabei. Mutter kannte diese Abläufe schon in und auswendig.

Frau Aslan lag wieder im Koma. Sie reagierte auf nichts, auch nicht auf den Junior, der aus vollem Hals anfing zu schreien. Mutter bekreuzigte sich dreimal, das machen die Dort auch so, oder woanders. Sie ist eben multikulti.

Eine Krankenschwester enterte sofort das Zimmer, wie ein Feldwebel. Es muss das Flintenweib gewesen sein, das konnte ich an Mutters Gesicht ablesen. Die Schwester rümpfte die Nase, und riss sofort beide Fenster auf. Hier stinkt es verdammt nach Alkohol wetterte sie, hat Ihre Mutter etwa getrunken? fragte sie den jungen Aslan, sie hat eine Mordsfahne.

Das ist keine Fahne, stellte Klara richtig, das ist schon ein Banner. Mir kann man nichts vormachen. Die ist voll.

Wir sind dann gleich gegangen, begleitet von Mutter, die mal aufs Klosett musste. Sie wollte um keinen Preis dabei sein, wenn sie Frau Aslan Blut nehmen.

Ich war sauer, und brachte Klara gleich zum Abfahrtsgleis. Sie musste sich sputen. Der Intercity war schon eingelaufen. Das war uns beiden recht. Sie hatte später noch einen Termin, bei ihrer Rechtsanwältin. Frau Schmitz-Forelle erwartete sie. In ihrem Bungalo, bei Käsefondue.

Klara war gerade in der richtigen Stimmung. Der Zug brauchte knapp zwei Stunden, und sie hatte genügend Zeit, sich so richtig schön hinein zu steigern. Nach zwanzig Minuten, bekam ich die erste Nachricht von ihr mit diesem, mir bestens bekannten Foto von Ralf. Das hatte ich schon hundert mal gelöscht. Sie musste ganz schön Rage gewesen sein.

Das Bild entstand an ihrem Sechzigsten, im Roten Ochsen. Der Ralf musste etwas von Trennung gefaselt haben, völlig lächerlich, und gar nicht ernst zu nehmen. Besoffen eben. Ihr schlimmster Geburtstag mal wieder, den würde sie im Leben nie vergessen.

Das Hemd das der Ralf trug, war ochsenblutrot, genau wie die Tapete im Ochsen, das Tischtuch, der Wein, und die Rosen. Die Nase von dem Ralf war auch rot. Weinrot, immerhin Ton in Ton, von daher stimmte das Gesamtbild wieder. Wenn Klara rot sah, dann kommentierte sie das Foto mit nur einem Wort, Heiratsschwindler, oder Scheckbetrüger? ? Das variierte, und war situationsabhängig. Solche Anwandlungen hatte sie manchmal, waren aber eher bedeutungslos. Dieser Geisteszustand hielt maximal vierundzwanzig Stunden an. Ich ignorierte es. Ich war müde. Der Tag war anstrengend.

Am nächsten Morgen rief Mutter mich sehr früh an. Noch vor dem Wecken, und schlecht gelaunt. Sie brauchte Verschiedenes. Ich machte mir Notizen. Sie hatte schon wieder kein Auge zugetan.

Die ganze Nacht nicht.

Bring mir bitte Ohrstöpsel mit, denn in dieser Irrenanstalt, ist es völlig ausgeschlossen, nur eine Sekunde Ruhe zu haben. Die Simulantin neben mir, redet ohne Punkt und Komma, lamentierte sie.

Frau Aslan?, wunderte ich mich, kann die sprechen?

Ach Kind, sagte Mutter, du hörst einfach nicht zu, Frau Aslan ist gar nicht mehr da. Sie wurde verlegt. Auf die Suchtstation. Ihre Leber, und das gesamte Trinkverhalten müssen überprüft werden, wegen der Herztabletten, das verträgt sich doch überhaupt nicht. Sie muss wahrscheinlich in die Entzugsklinik. Ich habe von der heimlichen Sauferei nichts mitbekommen. Da können Sie mal sehen, habe ich zu Doktor Wolff gesagt, diese Leute arbeiten mit allen Tricks, um an das Zeug zukommen. Die Familie Aslan verstand die Welt nicht mehr. Die verstehen ja noch nicht mal Deutschland, wie könnten sie dann die Welt verstehen, das sagte sie auch zu Doktor Wolff, der angeblich nickte.

Die Söhne wussten überhaupt nicht worum es geht, und warum ihre Mutter verlegt wurde. So ist das nun mal, wenn man der Landessprache nicht mächtig ist. Würde uns auch so gehen im Orient, oder etwa nicht? Auf jeden Fall brauche ich dringend Oropax, quasselte Mutter weiter, aber die Gelben, die sind dicker. Ich will ja keinen Gehörschaden kriegen oder Tinnitus, wegen dieser Sirene im Nachbarbett.

Die Sirene hieß Helga Doll. Mutter konnte ruhig Helga sagen, machte sie aber nicht. Genauso wenig wie bei Frau Kugler, da tat sie es auch nicht. Sie konnte Frau Kugler nicht leiden. Die hatte doch überhaupt keine eigenen Ideen. Alles machte sie Mutter nach. Sogar die selben Wassertabletten nahm sie.

Frau Doll hatte ihr in der Nacht ihre ganze Lebensgeschichte offenbart, der reinste Psychothriller. Mutter konnte das überhaupt nicht vertragen. Die Doll war ganz klar ein Fall für den Psychiater. Sie war mannstoll, hatte Mutter festgestellt. Zwei Ehemänner hatte sie schon verschließen. Der Dritte war auch seit drei Wochen tot.

Aufgehängt hat er sich, oder sie ihn, das war allerdings nur eine vage Vermutung. Die ist radikal die Doll, sagte Mutter, die mit ihrer Menschenkenntnis wusste wovon sie spricht. Die hat es sicherlich nicht mehr alleine zu Hause ausgehalten mit sich selbst, und legt sich zur Unterhaltung ins Krankenhaus. Die hat doch gar nichts.

Auf der Suche nach einem neuen Gatten war sie auch wieder, das erzählte sie ihr vertraulich, bei Abendbrot und Rinderbouillon.

Vielleicht suchte sie ihr Glück in der Klinik. Ihren Bernd, den hatte sie beispielsweise damals auf dem Friedhof kennengelernt. Am Grab von dem Artur. Alles war möglich. Ihr Bernd liegt nun auch im Familiengrab, genau wie ihr Werner. Nur mit dem Unterschied, dass der Werner nicht drinnen liegt, sondern steht. In seinen beiden Urnen, und zwar auf dem Artur. Der Werner war zu Lebzeiten ziemlich dick. Er musste einen Mordsdreck gemacht haben im Krematorium. Jetzt brauchte er nur noch wenig Platz. Man weiß nicht, wer in die Gruft sonst noch alles reinkommt. Sie selbst natürlich, das hatte sie schon verfügt bei ihrem Notar. Der Artur war sehr vermögend, und hatte Frau Doll ganz schön was hinterlassen. Mit dem Erbe von ihm, und der Lebensversicherung von dem Bernd, konnte sie sich nun locker ihre Brötchen, und mehr kaufen.

Die ist so was von rücksichtslos die Doll, klagte Mutter weiter, die ganze Nacht brannte das Licht, auch im Bad. Sie hat sich ihre Hände und Füße knallrot lackiert. Um halb eins etwa, kam sie in ihren rosa Pantoletten mit den Boafedern oben, zu Mutter ans Bett gestöckelt, um ihr zu zeigen, wie dick der Strick ungefähr war, von ihrem

Bernd. Sie nahm die alten Mullbinden von Frau Aslan, und bastelte einen Galgen, zum besseren Verständnis.

Irgendwann kam, Gott sei Dank das Flintenweib rein, die hatte Doppelschicht, und kommandierte, Flutlicht aus die Damen. Wir sind hier nicht im Fussballstadion. Vorläufig war Ruhe.

Mutter konnte noch ein wenig weiter schlafen. So bis halb sechs, dann meldete sich die Blase. Es war noch nicht ganz hell draußen, als sie auf dem Weg zur Toilette, zu Frau Doll hinüber sah. Diese lag im Bett, in ihrem Morgenrock und den rosa Pantoletten, einem Ensemble schätze Mutter, die so was in Italien früher auch schon hatte, nur in elegant. Nicht so bei Frau Doll, die sah aus, als komme sie gerade von der Altweiberfastnacht, und müsse gleich brechen. So Giftgrün war sie im Gesicht, und ihr Mund stand unkleidsam offen. Mutter ist schier das Herz stehengeblieben. Blutdruck hundertachtzig unterer Wert, hatte das Flintenweib selbst gemessen.

Woher sollte Mutter denn wissen, dass die Doll, mit der Gurkenmaske eingeschlafen ist, und diese bröckelt? Sie glaubte, die Todesstarre sei bereits eingetreten, und bekam einen Mörderschreck. Dabei darf sie sich doch nicht aufregen, und das für nichts und wieder nichts.

Die taugen keinen Schuss Pulver diese Masken, sagte sie, damit kannst du höchstens Eier abschrecken. Alles bloß Geldmacherei.

Es war wieder Wochenende. Laut Prognose sollte das Wetter am Sonntag gut sein. Ich nahm mir vor, um halb fünf aufzustehen, und zum Flohmarkt zufahren.

Vorausgesetzt, ich war in der Lage dazu. Bei mir war es abhängig von meiner Tagesform. Ich war dabei den Keller aufzuräumen, um Platz für Farben, und mein Werkszeug zu schaffen. Ich fand haufenweise unnötigen Kram. Sogar von Tante Irma, die hier alten Plunder deponiert hatte, und drei rote Koffer, voll mit Fehlkäufen von Klara. Das erdrückte mich beinahe. Ich sah mich gezwungen was zu verkaufen, und zwar alles, was nicht niet und nagelfest war.

So drückt es jedenfalls Mutter aus, die ich schon dabei erwischt habe, wie sie in Schränken, Bänken und Truhen kontrollierte, ob auch nichts fehlte. Das war allerdings nicht nachvollziehbar. Sie häufte alles Mögliche an, und archivierte es. Ganz selten wurde mal ausgemistet. Sie trennte sich ungern.

Ich packte meinen Bus bis oben hin voll. Außer Kisten, Körben, und Kartons, nahm ich den Tapeziertisch, das Gerüst einer kleinen Wäschespinne, Kleiderbügel, einen Klappstuhl, und den hellgelben Sonnenschirm für Heini mit. Es konnte los gehen. Wir waren gesattelt. Der Flohmarkt war eine sehr gute Alternative, stellte ich fest.

Ich habe schon lange reduziert. Zu viele Dinge sind ein Ballast, die außer Geld, auch Platz kosten. Nicht nur räumlich, auch im Kopf, gedanklich. Das Leben ist eine Abfolge von Entscheidungen, die meistens der Dinge wegen getroffen werden müssen. Man muss Überlegungen anstellen, wie man sie bekommt, schon das allein bereitet vielen Menschen schlaflose Nächte. Manche werden sogar kriminell deswegen, den Wünschen entsprechend. Dieses Wollen, die Gier nach etwas, hat eine große Macht. Wir gaukeln uns vor, erst dann glücklich zu sein, wenn wir ein gewünschtes Ding besäßen, was natürlich eine Illusion ist. Die meisten Sachen sind oberflächliche Werte, die nicht dauerhaft zufrieden machen können. Das wäre zu viel verlangt. Dazu sind sie zu nichtig. Nur für einen Moment, wird der Durst gelöscht, dann will man das Nächste, mit gleicher Erwartung. Bis man merkt, dass man es gar nicht braucht. Nicht zum Glücklichsein. Dazu nimmt es Platz weg, und muss abgestaubt werden. Man ist also nicht mehr froh darüber, ganz im Gegenteil. Nehmen wir mal die Lieblingsspeise zum Beispiel, man kann nur solange von Glück reden, bis man satt ist, würde man immer weiter essen, müsste man sich irgendwann übergeben. Zu komplizieren das Leben nur, aber sie halten uns auf Trab. Kaum hat man sie, muss man darüber nachdenken, wie man den unnötigen Krempel wieder los wird. Man hat zu tun.

Langweilig wird es nicht.

Manchmal fahre ich zur Deponie, wenn das Maß voll ist. Mutter kann nichts weg schmeißen, auch wenn es noch so unnütz ist. Schon gar nicht in die eigene Mülltonne. Wegen der Nachbarn. Sie will nichts zu tun haben mit dieser Wegwerfgesellschaft. Früher stopfte sie manchmal einen Sack bei dem Josef mithinein, der hatte noch nie viel Müll, doch die Zeiten waren vorbei. Nicht mal mehr nachts kann sie ingendwas entsorgen. Herr Dietrich kriegt das alles mit. Der hockt doch Tag und Nacht am Küchenfenster. Das ist ganz klar eine Störung. Er kann nicht abschalten, und glaubt noch immer in seinem Kiosk zu sitzen. Da hat er zweiundvierzig lange Jahre aus dem Fenster gesehen. Das prägt.

Stark anzunehmen, dass er sein Geschäft immer noch betreibt, nur illegal, am Finanzamt vorbei. Mutter kauft wöchentlich ihre Fernsehzeitschrift bei ihm, Frau Kugler auch, nur ohne Beleg. Wenn ich spät noch mit Heini spazieren gehe, nehme ich mir meistens Zigaretten mit, drei verschiedene Sorten hat er immer da, seit neustem sogar Zigarillos, und Chips. Er hat sein Sortiment ganz schön aufgestockt, bedingt durch die Nachfrage. Die Hefte, die Herr Schwarz früher in braunen, neutralen Umschlägen immer per Post geschickt bekam, die hat er jetzt auch. Die werden aber nur bei Dunkelheit im fliegenden Wechsel, gegen Bares getauscht. Mutter geht von Sauereien aus, und will davon nichts hören.

Es ist wirklich unglaublich, was so alles weggeworfen wird. Eine Schande. Weniger kaufen, bedeutet weniger entsorgen. Ich halte mich so gut es geht daran.

Als Klara vor Jahren ihr Elternhaus ausräumte, holte ich fast alles ab. Vieles spendete ich, und verschenkte es. Mit dem Rest Ich bin am Wochenende zum Flohmarkt gefahren, und habe es verkauft.

Sie wollte nichts mehr haben, das an früher erinnerte. Schon die Farben machten sie ganz krank. Alles musste neu gekauft werden. Wegen der Harmonie. Frau Paris, eine Wienerin, zog bei Klara ein, für drei Wochen. Sie wälzte solange Kataloge und Stoffmuster, bis sie wusste was Klara brauchte. Das war nicht wenig. Was die Paris sagte, war das Evangelium für Klara, und so wurde alles aus, und eingerichtet. Wirklich alles.

Nicht nur die Kleidung, auch die Möbel, das Ge-schirr, Bettwäsche, die Handtücher, sogar die Wände,

Fußböden, und jedes noch so kleine Detail. Wenn all diese Dinge nicht harmonierten, war der Energiefluss blockiert. Das Chi konnte nicht mehr richtig fließen. Es gab nur zwei Töne, die passend waren. Die Wienerin sagte dazu vanille und cappuccino. Für mich war es weiß mit wurstfarben, und kostet ein Schweinegeld.

Davon verstehst du eben nichts, meinte Klara, du warst in Stilfragen schon immer unsicher. Sieht man doch an deinem Schwarztick. Mich wundert nur, dass du noch keine Depressionen hast. Der Theo sagt türkis wäre gut für dich. Deine Seelenfarbe. Denk mal drüber nach.

Das brauchte ich nicht eine Sekunde, denn in Sachen Kleidung gab es für mich nur schwarz. Schon immer. Ich habe vielleicht keinen Stil, aber dem bleibe ich wenigstens treu.

Auch die Lage einer Wohnung war für Klara von großer Bedeutung, und wie das Haus von außen aussah. Mir ist viel wichtiger, dass ich mich innen wohl fühle, weil ich ganz selten vor dem Gebäude stehe, in dem ich wohne. Ich lebe ganz gerne im Provisorium, das gibt mir das Gefühl, immer zum Aufbruch bereit zu sein. Bei Klara war das völlig anders. Sie und Theo hatten sich mindestens fünfunddreißig Wohnungen angesehen. Eine Art Immobilientourismus. Es dauerte fast ein Jahr, bis sie endlich das Richtige fand. Der Theo hat alles energetisch abgeklopft, und genau auf diesem Penthouse, lag Klara ganz geblendet neben der Sonne. Ich hatte von Anfang an meine Bedenken, wegen der Horrormiete. Ein Monat geht schnell um, doch Klara machte sich keine Sorgen. Sie meinte, später zieht doch der Ralf mit ein, dann machen wir halbe-halbe. Es kam nur dieses

Objekt in Frage. Ein Paradies mit Dachgarten, Terrasse, dem Gärtner und Hausmeister, Putzgeschwader, und Sicherheitsdienst.

Sie konnte von Glück sagen, dass sie das alte Haus verkauft hatte. Ständig diese Reparaturen. Zuerst waren die Fenster undicht, das kostete ein Vermögen bei den Schwarzarbeitern. Dann die ganzen sanitären Anlagen, die haben die Albaner, zum Nachbarschaftspreis, gekonnt kaputt repariert. Der Klempner musste kommen, und alles wieder richten. Diese Leute konnten nichts, aber dafür nahmen sie richtig Geld an. Das waren Klara die Liebsten. Am schlimmsten war aber die Sache mit der Heizung. Die war gar nicht defekt, stellte sich heraus. Es war ein Anschlag. Das hat der Theo im Rundumblick gesehen, und kannte genau die Hintergründe. Jemand muss die Heizanlage abgestellt haben, als Klara in Österreich war. Bei achtzehn Grad minus, sind dann die Leitungen eingefroren, und die Wände bekamen Risse. Eine Wand brach komplett heraus, und schon hatten die Albaner später eine moderne Außenküche. Der Gutachter der Versicherung, stellte sich quer. Klara brauchte einen Verantwortlichen. Mit einem Attentat rechnet doch keiner. Es gab nur zwei Personen, die dafür in Frage kamen, und sie gab der Polizei konkrete Hinweise auf die beiden Tatverdächtigen. Famile K.

Eberhard K. , Förster, sechsundachtzig, fehlt links das Bein. Johann K. , Holzfäller, dreiundfünfzig, hat rechts kein Arm.

Das muss in der Familie liegen sagte Klara, die hatten alle schon immer einen weg.

Der Theo pendelte nächtelang, in dieser Angelegenheit, bis er endlich zu dem Ergebnis kam. Es war der Eberhard. Zweifellos. Das Pendel schlug sechsundachtzig mal aus. Also ganz eindeutig. Das hätte Klara sich gleich denken können, aber sie wollte auf keinen Fall den Falschen beschuldigen. Das war nicht ihre Art.

Mehr brauchte sie nicht zu wissen, um dem Eberhard sofort den Schlüssel vom Briefkasten abzunehmen, er holte seit Jahren die Zeitungen heraus, wenn sie nicht zu Hause war. Das hatte sich nun endgültig für ihn erledigt. Mir war nur nicht klar, wie er mit dem Briefkastenschlüssel ins Haus gekommen ist...

Da kannst du mal sehen, meinte Klara, der ist durch beide Ohren gebrannt, dieser Eberhard.

Klara zog danach wieder raus aus dem Wald, und rein in die Welt. Nach Frankfurt, in die beste Wohngegend. Dort wohnten nur gute Leute. Die vom Roten Ochsen auch. Die beste Adresse der Stadt. Wenn Klara mit ihren Visitenkarten hausieren ging, bekamen die Leute Atemstillstand. Sie residierte ganz oben im Penthouse. Der Aufzug stoppte direkt in ihrem Wohnzimmer. Dazu gab es einen Code, den außer ihr nur der Hausmeister kannte. Signor Corello. Das war Vorschrift, denn wenn der Fahrstuhl stecken blieb, konnte er sie wieder befreien. Sie musste nur den roten Knopf kurz gedrückt halten. Der Alarm war so laut, den konnte der Corello, bis rüber ins Mama Mia hören. Doch was nützte das, wenn er nicht im Mama Mia war, sondern beim Paten. Im Kino. Genau das, war nämlich schon passiert. Klara verbrachte mehrere Stunden im Aufzug, weil er nicht nach Hause, stattdessen lieber einen Cocktail wollte. Zielstrebig marschierte er in die Bar Racuda, die um drei Ecken lag, und hörte dort die Sirene nicht. Er war hochmotiviert, und ließ seine Lederjacke die ganze Zeit an. Sie war nagelneu, das Schweinsleder bretthart, und machte enorm breite Schultern. Er hockte sich an die Theke. Die eine Hand in der Tasche, täuschte eine Schusswaffe vor. Sollten die Leute doch ruhig denken, er könne auch mit links schießen. Rechts hatte er keine Zeit, weil er eine Al Capone paffte. Der Jo, der immer mittwochs den Planters Punch zusammenpanschte, war offensichtlich schwer beeindruckt. Er gab ihm auf der Stelle einen Killing me softly aus. Ein richtiges Teufelszeug war das. Das setzte den Corello regelrecht außer Gefecht. Nach dem Dritten, konnte er nicht mehr von alleine stehen und schießen. Er war rechtschaffen betrunken, aber ganz ruhig. Der Jo hatte quasi ein Blutbad verhindert.

Klara steckte schon neunzig Minuten im Fahrstuhl fest. Glücklicherweise hatte sie ihre Einkäufe dabei, und konnte wenigstens ein Lachsbrötchen von der Mordsee essen. Ihre Beine schmerzten. Die Venen hatten wieder angefangen. Sie musste sich auf ihre Einkaufstasche setzen. Zwei Brillengläser gingen dabei zu Bruch, plus die zwölf Brucheier, für die Blaubeerpfannkuchen abends. Als auch der Strom noch ausfiel, hämmerte sie gegen die Tür wie wild. Die vom Roten Ochsen, lag mal wieder auf der Lauer, und hatte was gehört. Sie rief bei der Polizei an.

Endlich kam der Corello. Er demonstrierte, dass er nicht mehr stehen konnte auf einem Bein, und hat dazu Zwei Kleine Italiener gepfiffen. Die Polizei nahm ihn sofort fest, weil er ihnen seine Waffe nicht aushändigen wollte. Das lief unter Widerstand gegen die Staatsgewalt. Ein Beamter riss ihm die Hand aus der linken Tasche, und eine Pfeffermühle, kam zum Vorschein. Das war ein neuer Tatbestand. Sie legten ihm sofort Handschellen an, führten ihn die Stufen runter, rauf auf den Gepäckträger, und ab zur Wache. Sie waren mit dem Fahrad da, wegen der Parkplätze. Die konnte man zählen in den Sackgassen.

Während Klara vollkommen paralysiert im Lift lag, alarmierte die vom Ochsen die Baufirma, die ihn seinerzeit eingebaut hatte. Der Polier von Rauf & Runter, musste sich persönlich für diesen Schnitzer verantworten. So was durfte nicht nochmal passieren. Das gab Mietabzug, und war längst noch nicht alles.

Das geht bis hoch in die Chefetage, zu dem Lohmann, das kannst du mir glauben wetterte Klara, die in der besagten Nacht noch bei mir anrief.

Soweit ich mich erinnerte, war doch der Lohman, der größte Simpel auf Gottes Erdboden, sagte ich verdutzt...

Das ist doch völlig egal Menschenskind, zum Beschweren reicht er. Klara war ganz außer sich. Sie stand immer noch unter Schock wegen dem Corello, diesem Sandkastenmaffioso.

Gegen die Albträume, bekam sie täglich eine Tablette von Doktor Proctor, und wöchentlich einen Rundumblick von Theo. Das alles diente der Schadensbegrenzung. Sie konnte sich keinen Patzer mehr erlauben. Die Anderen erst recht nicht.

Du kannst dir gar nicht vorstellen, wie viele Abermillionen von Energievampiren momentan wieder unterwegs sind. Es ist doch Urlaubszeit. Alle haben frei, und nichts Besseres zu tun, als anzuzapfen wo sie gehen und stehen. Aber nicht mehr bei mir. Ich weiß mir zu helfen, schnaufte Klara. So etwas wie damals bei Schulz und Söhne passiert mir nicht noch mal, das kann ich dir sagen. Fast ein halbes Leben habe ich da gearbeitet, und dann kommt diese Michaela, und hat mir die Tage zur Hölle gemacht, erinnerst du dich? Ich hatte schon gar keine Lust mehr ins Büro zu gehen. Nicht mal nach der Blockadenlösung. Die hilft sonst immer, . . jetzt frag mich nicht wie das geht, es ist kompliziert glaub mir, jedenfalls sagte der Theo du wirst gemoppt. Ich war sprachlos. Da wäre ich nie drauf gekommen. In den Karten lagen die vier Schwerter auf der Michaela. Mit denen sägte sie meine Stuhlbeine ab. Dafür musste sie dann natürlich meine ganze Arbeit machen.

Das hat sie aber erst später abgeleuchtet. Unterbelichtet war die, das geb ich dir schriftlich. Ich bin noch in der Stunde gegangen, aber nicht ohne das Licht zu löschen, und sämtliche Dateien. Ich habe meinen Arbeitsplatz immer sauber verlassen. Da kann mir keiner von denen was nach sagen. Wieso gekündigt? Fristlos... wie kommst du denn darauf? Da verwechselst du wieder was, ... nein, ich sollte mich erholen. Zuerst Urlaub nehmen, und danach gleich in Frührente gehen meinte der Schulz, und die Söhne auch. Das hatte ich sowieso vor, nur wussten die das nicht. Muss ich denn jedem alles gleich auf die Nase binden? Aber wirklich nicht. Du musst die Leute nur dahin bringen, zu tun was du willst, es aber so aussehen lassen, als hätten sie es gewollt. Merkst du was? Von mir kannst du immer wieder was lernen, richtig?

Ich machte mir meine Gedanken. Ein Rundumblick, und das jede Woche, würde ein ganz schönes Loch in ihr Budget reißen. Sie musste mit ihrem Geld besser haushalten. Ihre Kosten waren mittlerweile sehr hoch geschaubt. Ich war besorgt, und ahnte dass sie bereits den Überblick verloren hatte, und wahrscheinlich einen Großteil ihrer Erbschaft. Doch Klara war besser informiert als ich dachte. Der Theo rechnete stündlich mit einer Inflation.

Man musste in Zeiten wie diesen, das Geld fließen lassen. Genau. Damit brauchte ich ihr nicht kommen. Haushalten, konterte sie, das musst gerade du sagen. Deine Mutter hat jetzt schon schlaflose Nächte wegen dir. Sie befürchtet du bringst das ganz Haus in Windeseile durch, und musst dann Sozialhilfe beantragen. Das sind ihre Schlafstörungen. Ich konnte sie aber beruhigen.

Schließlich bin ich ja auch noch da. Dann kommst du eben später zu mir und dem Ralf, meinte sie gutmütig. Einen Mann kriegst du nämlich keinen mehr, weil du so unfreundlich bist, das sagen schon alle in der Nachbarschaft. Weiß ich auch von deiner Mutter. Nein, nein, mach dir keine Sorgen. Nicht wegen meiner Kosten. Der Theo hat mir einen Sondertarif gegeben, für die Rundumblicke. Eine flat. Ich zahle monatlich. Das muss aber bitte unter uns bleiben. Kein Wort zu der Elfi. Ach so ja, die Elfi, da fällt mir gerade ein, dass sie nächste Woche sechzig wird. Denk bitte daran. Du könntest für uns ein Gedicht schreiben. Irgendwas mit gratulieren und so. Das bleibt ganz dir überlassen. Dazu wird dir schon was einfallen. So unnützes Zeug kannst du ja. Man muss seine Freundschaften pflegen heutzutage. Wie ein Auto. Die Elfi denkt auch immer an uns. Sie hat mir zwei Federn zum Geburtstag geschickt. Von einem Adler. Die hat sie von einer ihrer Schwitzhütten Zeremonien mitgebracht. Ekelhaft, ganz ehrlich. Zum Schutz sollen die sein. Ich halte von diesen Federn gar nichts. An so einen Hokus Pokus glaube ich nicht. Dazu bin ich zu sehr Realist. Typisch Stier eben. Der Elfi kann man doch alles erzählen. Aber immerhin hat sie an mich gedacht. Der Adler ist doch mein Krafttier. Wie geht es eigentlich deinem Krafttier? Ich meine dieser Weißwurst auf vier abgebrochenen Streichhölzern?

Schön, dass du mal nach Heini fragst. Ihm geht es prima, sagte ich. Er ist in der Tat mein ganz persönliches Krafttier. Seit ich ihn habe, geht es mir gut. Als ich ihn damals, aus dem Tierschutz holte, war ich in schlechter Verfassung. Mutter meinte, ich könne ja kaum für mich sorgen. Wie dann noch für den Hund? Aber es war genau umgekehrt. Er sorgte für mich. Ich hatte etwas für das ich mich zusammenreißen musste. Er brauchte mich, und ich hatte eine Verantwortung. Immer seltener dachte ich darüber nach, wie ich mich selbst loswerden könnte, denn solche Zeiten gab es. Ob ich es ohne Heini getan hätte, kann ich nicht sagen. Zumindest spielte ich mit diesem Gedanken. Nietzsche war der Ansicht, dass in dem Gedanken an Selbstmord, ein Trost läge. Es stimmt.

Wir sind dann umgezogen, der Hund und ich. Weit weg von allem. Zu Mutter ins Haus, das sehr groß ist, und in dem sie ganz alleine lebt seit ihr Mann verstorben ist. Das war eine sehr gute Lösung, und nach der Eingewöhnungszeit, die anfangs nicht leicht war, kann ich sagen es geht bergauf. Ich habe hier alles was ich brauche. Sogar einen Therapeuten, der mich unterstützt. Ich sollte mehr am Leben teilnehmen, und soziale Kontakte knüpfen, rät er mir in jedem Gespräch. Ich hätte mich sozusagen schon von der Gesellschaft verabschiedet. Mein Problem ist seelisch, bedingt durch vergangene Lebensumstände, aber man weiß ja dass alles abhängig ist von einander. Der Körper und die Seele als Einheit. Ist die Psyche krank, und das lange genug, wird der Körper ebenfalls krank. Organisch liegt der Schwachpunkt bei jedem woanders.

Symtome zeigen sich. Dazu haben sie viele Möglichkeiten. Körperlich geht es mir auf jeden Fall wieder gut. Der Rest kommt noch. Wir sind zufrieden, der Hund und ich. Heini ist eine herrliche Mischung aus Dackel und irgendwas. Der Dackel hat sich allerdings durchgesetzt. Wie man sich vorstellen kann, hat er endlos lange Beine. Genau wie ich.

Das hast du von deinem Vater, war Mutters Senf zu diesem Thema. Dem musste sie die Hosen immer kürzen. Die Italiener haben alle kurze Beine. Nur die Römer nicht. Die haben lange. Mein Vater kam aber nicht aus Rom. Er war aus Neapel. Also, ein Römer, nur eben in Neapel geboren, stellte Mutter richtig.

Es war Donnerstag. Am nächsten Tag sollte Mutter entlassen werden. Sie konnten nichts weiter für sie tun. Nur Reha. Das passte ihr überhaupt nicht. Am liebsten wollte sie noch ein paar Tage im Krankenhaus bleiben, wo sie sich doch so gut eingelebt hatte.

Klara sagte, ihr kannst du nie was recht machen. So ist der Zwilling eben. Zwei Gesichter.

Ich redete Mutter gut zu. Zu Hause hast doch den Hund, und deine Ruhe, vor Frau Doll, sagte ich, aber die hatte sie sowieso. Frau Doll war weg. Verlegt, in die geschlossene Psychiatrie. Sie musste nachts mächtig übertrieben haben und so geschrien, dass man es bis nach vorne, ins Schwesternzimmer hören konnte. Sie brauchte nicht mal zu klingeln, erzählte der Pfleger, Mutter beim Puls am Morgen, die davon nichts mitbekommen hat. So schlimm kann es dann ja nicht gewesen sein. Vielleicht lag es aber auch an den Tabletten abends, die hauten sie ganz schön um.

Unter dem Waschbecken standen noch die rosa Pantoffeln, von Frau Doll. Ich packte sie in den Spind, weil Mutter neuerdings eine Allergie auf Federn hatte. Sie bekam davon Atemnot, Platzangst, und Tropfen, von dem Flintenweib.

Ich würde sie also morgen abholen, so gegen elf, wenn die Visite da war, und sie sich überall verabschiedet hatte.

Darum musste ich Frau Kater wieder absagen. Das kam mir aber gerade recht. Frau Kater war Hundetrainerin. Mobile. Sie kam ins Haus, oder versuchte es zumindest. Das soll den Vorteil haben, dass sie im Umfeld des Hundes agieren kann. Beim ersten und letzten Treffen hat nur einer agiert. Das war Heini. Er hat sie gar nicht erst reingelassen. Das hält er bei Fremden immer so. Frau Kater musste dann ihren Vortrag über Erziehung vor dem Hoftor abhalten, so hatten die Nachbarn auch was davon. Der Hund selbst bellte zur Untermalung, und zwar solange bis sie, und ihr Auto nicht mehr zu sehen waren. Erst dann beruhigte er sich.

Schon von Anfang an konnte er sie nicht leiden. Ich auch nicht. Klara behauptete, er könne gar keinen leiden außer mir, aber das stimmt so nicht. Es dauert nur bis er jemanden akzeptiert. Er braucht seine Zeit.

Wann soll diese Zeit denn bitte schön gekommen sein, fragte Klara hämisch, wenn man überall Narben von Bisswunden hat oder was?

Sie neigte immer schon zu Übertreibungen. Heini beißt gar nicht. Er schnappt nur.

Ich nahm das Telefon und wählte die Nummer von Frau Kater. Ich sagte ab. Ich musste Mutter abholen. Familie geht schließlich vor. Frau Kater war nicht gerade erbaut, je schneller der Hund etwas lernt, umso besser für alle, war ihre Meinung. Ich werde mich bald wieder melden versprach ich, um sie abzuhängen. Ich nahm mir vor, ein wenig Literatur über Hundeerziehung, im Internet zubestellen, das war mit Sicherheit besser für ihn. Frau Kater erzählte noch etwas von unverantwortlich und so weiter. Sie ließ sich nicht so einfach abwimmeln. Ich legte auf.

Kurz darauf klingelte es wieder. Es war aber nur Klara, die beim Venenspritzen war, und alle Zeit der Welt hatte. Bei denen kommt man nie pünktlich dran, nörgelte sie. Doktor Proktor soll ihr auch noch geraten haben, dringend abzunehmen. Schon wegen ihrer Beine. Gezielte Gymnastik und Schwimmen. Keine Cola mehr und keine Trüffelschokolade. Sie wusste ja selbst, dass sie ein paar Pfund zu viel hatte, doch was der Proctor sagte, der Hämpfling, das hat sie schwer getroffen.

Du weißt ja, man kann mich nur mit den Kilos treffen, sonst bin ich gegen alles resistent, plärrte sie. Erinnerst du dich doch noch an das, was die Elfi sagte, als wir sie am Zug abholten? Wer hat den Käse zum Bahnhof gerollt. Da war ich auch so fertig. Ich melde mich noch heute bei Turnlady an. Einen Jahresvertrag schließe ich ab. Und vorher geh ich zur der Alex, sie soll mich einschieben. Die Haare machen unheimlich viel aus bei mir, das glaubst du nicht. Mit dem richtigen Schnitt, sehe ich gleich viel dünner aus. Warte ab.

Etwas fransig ins Gesicht rein, und den Pony nicht so kurz wie im letzten Sommer. Ich habe ja ausgesehen wie zwölf. Und Strähnen. Strähnchen müssen rein, aber keinesfalls komplett durch gefärbt in schokobraun. Sieht ja aus, als hätte ich einen Helm auf. Das geht bei dem Haarschnitt gar nicht, . . die Schlankschminktechnik beherrsche ich ja, das habe ich in dem Malkurs gelernt, bei dem Detlef. Der kann was. Alle Models lassen sich von ihm beraten. Das Wichtigste ist das Rouge, das hat er selbst hergestellt. Es sieht aus wie ungeschminkt. Ist momentan das Beste auf dem Markt. Alles andere ist für den After, meinte er, ... gut plaziert, modelliert es das Gesicht, verstehst du? Du machst einen Kussmund, und trägst es dann mit dem Pinsel auf, direkt an die Stelle unter den Backenknochen. Danach hast du richtige Hohlwangen, und gönnst dir gleich eine Praline. Sieht total definiert aus bei mir. Der Ralf wird umfallen morgen. Er kommt nämlich ganz unverhofft, der Theo hat ihn gestern im Rundumblick gesehen. Der Ralf ist sozusagen schon auf dem Weg. Ich halte dich auf dem Laufenden. Jetzt aktiviere ich erst mal den Energiecode. Den hat mir der Theo gerade aufs Handy geschossen. Achtstellig diese Woche, .. puh, .. wie das geht? Erkläre ich dir später, das würde jetzt den Rahmen sprengen. Ich muss noch los, zur Post, eine Nachnahme wartet.

War mir auch recht. Ich wollte etwas Ordnung in Haus, und Garten machen, und danach anfangen, einen vier Meter langen Esstisch abzubeizen. Eine Tafel, für ein mittelalerliches Mahl, den gestern ein Ritter hier ablieferte. Für diese Arbeit hatte ich zwei Wochen. Meine Idee, das letzte Abendmahl ohne Umrahmung, und in gedeckten, leicht verblichenen Farben, auf die Holzplatte zu bringen, hatte ich letzte Nacht, und gefiel dem Jungen mit dem weiß gefärbten Bart.

Dazu musste ich das Bild der Größe der Tischplatte anpassen, es aufziehen, und am Ende mit Firnis versiegeln. Es sollte aussehen wie eine alte Ikone. Vielleicht etwas kitschig, aber als Einzelstück ein Hingucker. Ich freute mich drauf.

Bevor ich meine Gummihandschuhe anzog, nahm ich mir eine Zigarette, und ging in den Garten. Mutter, die nun doch ganz froh war wieder zu Hause zu sein, lag in der Liege, und wurde vom Hund dressiert. Er hörte wieder nicht. So ein Dickkopf.

Sie war sauer, auch weil es so heiß war. Fast zweiunddreißig Grad im Schatten. Das konnte sie nicht vertragen. Sie musste aus dem Schatten raus, und rein zu Marienhof. Ihrem Zweitwohnsitz.

Die Hitze war wirklich unerträglich. Klara beklagte sich auch über den Sommer, weil sie nicht nach draußen konnte, wegen ihrer Haut. Sie lag seit Tagen auf dem Sofa, und war total gelöscht. Das war aber nicht ungewöhnlich, der Theo hatte den Energiecode frisch belebt, da passierte schließlich was. Beim letzten Blick rundum, hatte er gesehen, dass sich ein bis zwei Energieräuber in Klaras nahem Umfeld herumtrieben. Wer genau es war, sollte noch geklärt werden. Das musste aber noch warten. Klara konnte sich mit dem Code solange über Wasser halten, bis der Theo zurück kam. Er war wieder auf einer seiner Reisen. Durch die Zeit.

Das tat er zwei Mal im Jahr. Im Frühjahr in die Vergangenheit, im Herbst in die nahe Zukunft.

Dazu brauchte er nicht mal aufzustehen. Im Gegenteil. Liegenbleiben musste er, in einem Container. Den hatte er selbst gebaut, und gleich neben sein Bad gestellt, für den Fall, dass er mal pinkeln musste. Das kam aber ganz selten vor, weil er auf diesen Reisen nichts zu sich nahm. Nur Licht. Davon ernährte er sich.

Lichtenergie. In seiner Blechdose war es glockenhell. Achtzehn Strahler waren oben angebracht. Drinnen herrschte subtropisches Klima. Er hätte genauso gut Marihuana anbauen können in dem Ding.

Nach langen Reflektionen über seine Erlebnisse, hielt der Theo immer einen Vortrag, für Interessierte wie Klara, und jeden, der es sonst noch wissen wollte. Dazu musste man sich anmelden, und zwar schleunigst. Es gab nur zwanzig Plätze, und die waren schon eine Stunde, nach Ankündigung ausverkauft. Kostenpunkt neunhundert. Das war im Verhältnis zu der Information nicht viel. Die vom Geheimdienst bekamen wesentlich mehr, für Sachen, die bedeutungsloser waren. Die Elfi würde auch mitkommen nach Genf. Dort sollte das Event stattfinden, in einem Luxushotel. Sie konnte kein Schweizerdeutsch, und würde nie dort eintreffen ohne Klara, die perfekt war in Wort und Schrift. Neben Esperanto. Damit würden sie sicher durchkommen, vom Zug bis zur Absteige. Die Elfi war schon ganz gespannt, weil der Theo, in der Zukunft, den einen oder anderen Indianer getroffen hatte. Die waren wieder schwer im Kommen.

Am Abend rief mich Klara an, und erzählte mir von ihrem Tag. Vier Stunden war sie bei Turnlady, um Eiweißshakes zu schlucken, wie Medizin. Sie konnte in dem Jahr locker zwanzig Kilo verlieren, wenn sie sich an den Trainingsplan von der Tina halten würde.

Vielleicht macht sie sogar vierzig Pfund runter, vor der Hochzeit. Bis dahin war ja noch etwas Zeit. Das schafft sie problemlos. Aus ihrem ersten Hochzeitskleid, war sie längst rausgewachsen. Es passte nicht mehr. Sie ließ es damals anfertigen. In Graz. Bei einem Seitenschneider. Vorne Samt, Rückseite Seide, an den Seiten Gummizug.

In Österreich, lernte sie den Burschi kennen. Im Urlaub.

Du erinnerst dich doch an den Burschi? War der nicht charmant? Sind die Österreicher alle, aber nichts dahinter, das kannst du testen, wusste Klara, es hat eben nicht sein sollen.

Er sprach von unüberbrückbaren Gegensätzen, obwohl sie doch schon die Feierlichkeiten bis hin zur Sitzordnung geplant hatte. Der unüberbrückbare Gegensatz, war groß, blond, und hörte auf den Namen Evi. Klara redete immer nur vom Posthorn, weil sie auf der Post in Graz arbeitete. Der Trampel bekam drei blonde Kinder, und hörte bei den Briefmarken auf.

Ist egal, gähnte Klara, ist ja alles schon so lange her. Ich geh jetzt schlafen. Vielleicht sehe ich mir noch die Bilder an, die damals die Babsi gemacht hat, von der Evi hinterm Schalter, mit ihrer Postuniform. Die hat überhaupt nicht gesessen, ehrlich nicht.

Die Babsi ist schon ziemlich in viel Europa herumgekommen. Das hat sie alles mir zu verdanken. Momentan ist sie ja wieder auf Reisen. Wie dem auch sei, die Kinder sehen dem Burschi kein bisschen ähnlich, kein Stück, sage ich dir. Ich glaube, die sind die gar nicht von ihm. Die haben den selben Kopf auf, wie das Posthorn. Die können einem wirklich leid tun. Sieht die Babsi ganz genauso. Jetzt hat er sie am Hals, die Bagage. Ich sag ja immer, jeder bekommt das was er verdient. Die Evi sah aus wie eine Weißwurst, in ihrem Brautkleid. Sie war schon dick, im sechsten Monat. Das hat die Babsi gesagt, die muss es ja wissen, sie war ja bei der Trauung dabei. Doch, hinten in der Kirche... , hast du denn nicht die Bilder gesehen? Ich werde ganz stilvoll heiraten, im eleganten Hosenanzug, wie findest du die Idee? schnatterte Klara weiter, ein Hochzeitskleid bringt sowieso nur Pech. Das behauptet jedenfalls die Elfi, und die Indianer. Deswegen ziehen sie erst gar keins an. Die Elfi hat ja selbst auch ganz unkonventionell geheiratet, weißt du noch? Im Wig Wam, und Karnevalskostüm.

Früher Klein Adlerauge, jetzt Lederstrumpf. Für mich wäre das nichts, jedes Wochenende in diesen Schwitzhütten herum zu stinken, und in Zelten zu schlafen. Bei mir braucht sie gar nicht mehr zu jammern, über Rheuma im Knie. oder Lederhaut am Hintern. Ich sage dazu nichts mehr. Hast du eigentlich noch das Kostüm aus Kaschmir, dass ich dir damals gekauft habe für das Standesamt? Ja? Wirf das weg. Kauf dir ein Neues, hörst du? Aber bitte nicht schwarz. Nimm grau. Oder braun, das bedeutet für dich zwar schon Farbenrausch, aber einmal wird das wohl gehen. Mir zuliebe. Schwarz nehme ich. Ausnahmsweise. Das macht schlank. Wir lassen uns nur im Rathaus trauen, der Ralf und ich. Wir sind einfach zu alt, um in der Kirche ganz in weiß zu stehen, siehst du das nicht auch so? Was? Ja. Genau.. Alles ändert sich, da hast du absolut recht. Nur eins nicht, ... du wirst wieder meine Trauzeugin, ganz großes Ehrenwort. Versprochen.

Ist der Ralf denn schon wieder weg, wollte ich noch schnell wissen, bevor ich auflegte.

Welcher Ralf? Alles klar.

Ich beeilte mich in den Garten zu kommen, um nach dem Rechten zusehen. Irgendetwas war draußen los. Heini bellte wie verrückt.

Von meinem Fenster aus konnte ich auf das Tor sehen. Davor stand Frau Kater. Sie hatte ihren Anrufbeantworter abgehört, mit der Nachricht von mir, dass ich ihre Dienste nach reiflicher Überlegung, nun doch nicht in Anspruch nehmen möchte. Heini wollte sie wieder nicht reinlassen, und so konnte sie nur vor dem Zaun parlieren.

Ich schnappte nur ein paar Wortfetzen auf von wegen die Grenzen abstecken, und Position beziehen. Es sei ein absolutes Muss, dass ich am Kurs teilnehme. Erstens sah ich das anders, und zweitens, gar nicht ein, dreihundertachtzig Euro hinzulegen, nur um Heini zehn Stunden mit Frau Kater zu ärgern. Dafür kaufe ich ihm lieber ein neues Hundesofa. Das rote aus Kunstleder, damit liebäugelt Mutter schon seit Wochen. Das passt genau ins Wohnzimmer. Na dann.

Der Hund konnte sich nicht einkriegen, und bellte immer lauter, da warf Frau Kater ihren dicken Terminplaner mit einem Knall in den Garten. Heini direkt vor die Füße. Vor lauter Schreck hören andere Hunde normalerweise auf zu toben, das sei eine Maßnahme, erklärte Frau Kater mir, und der ganzen Nachbarschaft, die etwas erhaben, auf ihren Beetumrandungen standen, doch dem Hund, imponierte das überhaupt nicht. Ganz im Gegenteil. Er wollte das Ding zerreißen, denn alles auf dem Boden gehörte ihm. Das hatte sich im lauf der Zeit so eingebürgert. Herr Dreifuß von um der Ecke, dachte wir werden überfallen, und kam schnell herbei, vorsichtshalber gleich mit einem Knüppel, der wie eine Luftpumpe aussah, von einem Kinderfahrrad. Mutter sagt immer, es geht nichts über eine gute Nachbarschaft. Sie hat sich das Theater eine Weile angesehen und gehört, dann ist sie hoch gegangen in ihr Schlafzimmer, wo sie hinter der Gardine Posten bezog. Frau Kater war ihr einfach zu unprofessionell.

Ich erstattete ihr die Fahrtkosten und Auslagen, bedankte mich für ihr Kommen, und schickte sie nach Hause.

Da gehört sie auch hin, schrie Mutter übertrieben laut, und griff sich dahin, wo sich das Herz gerade befand.

Diesmal am Hals. Das war unterschiedlich, und konnte auch schon mal in die Hose rutschen.

Frau Kater deutete noch auf ihren Terminplaner, der jetzt tatsächlich Heini gehörte, der darauf stand wie ein Couchtisch. Das war aber nicht im Sinn von Mutter.

Sie haben ihn dort hingeworfen, also heben Sie ihn auch wieder auf. Ich räume keinem mehr etwas hinterher. Die Zeiten sind aus und vorbei, brüllte sie aus dem geschlossenen Fenster Frau Kater hinterher, die mit quietschenden Reifen, unter Gezeter abzischte. Frau Dietrich beschwerte sich. Zu recht. Das ist doch nicht die Autobahn hier. Es laufen doch das Peterle mit der Mauzi frei rum, und könnten überfahren werden. Mutter entschuldigte sich, und versicherte der Dietrich, dass wir nicht mit dieser Frau verwandt waren. Kein Bisschen. So etwas gab es bei uns nicht.

Ich wollte ihr den Terminplaner, am nächsten Tag per Post schicken. Das wirst du schön bleibenlassen drohte Mutter, kannst du etwa verantworten, dass sie Hunde weiterhin mit Büchern bewirft? Berufsverbot sollte sie kriegen. Die kann doch nichts. Von Glück kann sie sagen, wenn ich es nicht noch dem Tierschutz melde. Und der Polizei, rief Herr Bauer von hinten, der von Mutter wieder aufgestachelt war, oder gleich dem Fiskus. Die arbeiten doch alle an der Steuer vorbei heutzutage. Den Heini, wollte sie sich ganz bestimmt schwarz in die Tasche stecken, den armen Hund.

Der Sommer zeigte, das er auch anders konnte. Seit Tagen regnete es in Strömen. Unser Spaziergang im Wiesengrund war von daher entsprechend kurz. Nachdem ich den Flur wieder aufgewischt hatte, ging ich in die Küche, wo mein Telefon blinkte. Es war Klara. Ruf mich zurück..

Sitz du? fragte sie atemlos, wenn nicht solltest du das schleunigst tun. Ich habe Neuigkeiten.

Das war für mich nichts Neues. Es gab immer Neuigkeiten.

Die Babsi muss so schnell wie es geht nach Birmingham, Klara war ausser Atem. Sie schaut gerade schon bei den Fluggesellschaften nach, und bucht sofort. Online. Wie die Kinder? Die nehme ich natürlich. Da haben sie wenigstens ihre Ordnung. Kannst du nicht solange den Pauli nehmen, den Papagei von dem Bub? Das geht nicht? Wegen dem Heini. Ach so. Verstehe. Dann soll er halt hier Dreck machen, der Geier. Ist gut. Ich stelle ihn auf die Dachterrasse, ist ja warm genug. Wieso Regen? Das kennen diese Krähen doch, aus dem Regenwald, wo sie herkommen, wusstest du das nicht? Ja, ja, ich werde ihn schon nicht umbringen, das alte Reff. Der ist schon fast hundert, stell dir mal vor, ... Hauptsache, die Babsi bekommt einen Flug. Was? Blöde Frage, natürlich kann ich mit Kindern umgehen. Und wie. Wir haben doch schönes Wetter.

Sie können auf der Terrasse spielen. Wenn es regnet dürfen sie mit dem Aufzug hoch und runter fahren, solange sie wollen. Wieso stecken bleiben? Dann wird der Corello hierher zitiert, der reißt sich ganz schön am Riemen, seit der Lohmann ihn gefaltet hat, das glaub mal.

Ich werde jeden Tag kochen für die Kinder, und zwar was Vernünftiges. Nicht dieses Fastfood. Wenn ich das schon höre. Bei mir gibt es frisches Gemüse und Obst. Keine Süßigkeiten. Die Zähne kann die Babsi ihnen versauen. Hier gibt es nur bio, aus dem gesunden Laden. Die bauen alles selber an.

Dreifelderwirtschaft, falls dir das etwas sagt. Und am Wochenende kommen wir zu dir. Freust du dich? Geht nicht? Du musst Schränke bemalen? Da kann dir die Kleine helfen, die kann das auch. Was? Na, dann fahren wir eben zu der Elfi. Auf ihren Indianerspielplatz.

Die Babsi? Nein. Die hat unbezahlten Urlaub genommen, den hat sie auch bitter nötig. Sie muss mal weg vom Alltag, bevor sie burnout kriegt. Sie ist kurz davor, oder mittendrin. Nach Birmingham wollte sie doch schon immer mal. Nach London, sagst du? Das macht doch keinen Unterschied. Da sieht es doch sowieso überall gleich aus bei den Inselaffen, erzähl mir nichts. Außerdem kann sie dort englisch lernen. Damit kommt man überall durch, hast du doch selbst gesagt. Ich kann diesen Engländern einfach nicht aufs Fell gucken. Den Dänen auch nicht, das stimmt. Eigentlich mag ich nur die Österreicher, und auch nur die aus Graz. Fast wäre ich ja selbst eine Grazie geworden, ... Klara seufzte noch ein wenig weiter, bis die Babsi auf Leitung zwei, die normalerweise nur für den Theo bestimmt war, anrief. Sie brauchte Klaras Kartennummer, um den Flug zu bezahlen. Inzwischen sollte sie die Ziffern schon auswendig aufsagen können, selbst wenn man sie mitten in der Nacht aus dem Tiefschlaf riss.

Kurz vorm Zusammenbruch, die Arme, sag ich ja.

Ich ging nach oben, hinaus in den Garten. Der Regen hatte endlich aufgehört, und Mutter saß auf der Bank, unterm Nussbaum. Sie sah recht unzufrieden aus. Was hat er denn jetzt schon wieder angestellt, erkundigte ich mich.

Der Hund? Gar nichts, antwortete sie, bei mir hört er doch. Ich weiß nur noch nicht wie ich das machen soll mit der Reha. Da muss ich hin sagte Doktor Berger am Telefon. Am Montag schon. Eventuell könntest du ja mitkommen, dort gibt es ein Hotel, gleich nebenan. Das geht nicht, wegen dem Hund, erklärte ich ihr, eine Tierpension kam gar nicht in Frage. Ausgeschlossen. Außerdem hatte ich zwei Auftragsarbeiten.

Wer sagt denn was von Hundepension, brummte Mutter. Da tut er auch nicht gut. Ich kenne auch keinen, der den nehmen würde.

Nicht mal für einen halben Tag. Mit einem Tier ist man halt immer angebunden. Ich ja nicht, das ist ja schließlich dein Hund.

Jetzt war er wieder meiner. Die Zeugen Jehovas glauben es sei ihrer. Verschwinden Sie, mein Hund beißt, rief sie erst vor ein paar Tagen, den beiden Wachtürmern zu. Sie drehte sich alles hin wie sie wollte, nur daran drehte sie nichts, ich würde zu Hause bleiben. Sie meckerte noch solange bis ich AUS buchsatabierte. Dieses Kommando funktionierte tatsächlich. Hätte ich nie gedacht. Mutter hörte auf zu bellen. Es war aber nur ein kurzer Reflex. Ich hatte in Hunde auf Zack gelesen, einer dieser fantastischen Romane, dass die gegebenen Kommandos, wieder aufgehoben werden müssen. Das brauche ich bei Heini nicht, weil er auf Befehle gar nicht erst hört, und Mutter, hebt sie selbst auf.

Sie war beleidigt, und wollte packen, für die Kur. Alleine. Ohne Hilfe, sie war ja nicht behindert. Die kleine Reisetasche reichte, und als Handgepäck, den goldenen Kosmetikkoffer. Den hatte sie mal von Klara zu Ostern bekommen, mit passender Pillendose, und einem Tabletten Zerteiler. Sie konnte mit den neuen Zähnen, die Bomben von Kreislaufpillen, nicht durchbeißen.

Klara liebte solche Utensilien, und verschenkte sie gerne, weil sie selbst ungeheuer viel Medikamente nahm. Die Meisten hatte sie sich selbst verordnet. Sie kannte sich doch am besten... Als Patient sollte man auch eigenverantwortlich handeln.

Klara brauchte die gelbe Schilddrüsentablette gegen die Unterfunktion, die hatte ihr Doktor Proctor verschrieben. Mit Jod. Das kannte Mutter noch von unserem Wellensittich, der hat auch immer Jodkörnchen gefressen. Das stimmte also. Eines Tages kam ich aus der Schule und er lag tot im Vogelsand. Mutter gab mir später eine zugeklebte Schachtel, damit ich was beerdigen konnte.

Ich glaube bis heute noch, da waren nur die Küchenabfälle drin. Die Kiste war so schwer. So dick war der Bimbo auch wieder nicht. Das streitet sie aber vehement ab. Vielleicht waren ja Küchenreste plus Bimbo drin. Dann hätte sie nur halb gelogen. Keine Ahnung.

Sie hat ihre eigene Wahrheit. Ich war bei Klaras Tabletten. Also, die gelbe Jod, dann die Venentablette,

Magnesiumbrause, und Vitamin B zwölf gegen nächtliche Wadenkrämpfe, die Rosa für die Rosazea, zum Blutdruck senken nahm sie die halbe Weiße, dann die Wassertabletten nach Bedarf, und noch eine ganz kleine Rote. Wofür oder gegen die war weiß ich nicht genau, ich denke, damit sie die Grüne nicht vergaß. Die war nämlich lebenswichtig. Am Abend logischerweise die Schlaftablette, nur eine Viertel aber. Sie war ja schließlich kein Suchtmensch wie ich, oder die Elfi. Die war seit Jahren schon Multitoxikoman. Hatte nur keiner bemerkt, außer Klara. In solchen Dingen konnte man ihr nichts vormachen. Sie war doch dreimal chemisch gereinigt. Die Kalziumampullen, und diese zähflüssigen Notfalltropfen, zähle ich nicht dazu. Gegen Umkippen, und Schockverarbeitung waren die, und wurden immer stündlich eingenommen. Aber nur zehn, und nicht fünfundzwanzig, wie es auf dem Waschzettel stand. Das war doch zu viel. Sagte Herr Salbe auch, ihr Apotheker. Ein abgebrochener Arzt war das, und nur einsachtundvierzig hoch. Das machte aber nichts. Der Theo hatte ja auch abgebrochen im zweiten Semester, weil er schon vorher alles wusste. Die vom Fernsehen haben ihn gleich mit Handkuss genommen. Hätte er sich niemals träumen lassen. Mehr ging wirklich nicht.

Samsta Abend, und Mutter war soweit fertig mit dem Packen. Sie ruhte sich etwas aus, und sah sich die Werbung an im Ersten, da muss man nicht so aufpassen, und kommt immer mit. Bei viele bunte Smarties, ist ihr eingefallen, dass sie ihre Pillendose nicht vergessen durfte. Ich würde sie am Montag hinfahren, und auf dem Rückweg kurz bei Klara vorbeischauen. Das lag auf der Strecke.

Lange aufhalten wollte ich mich nicht, weil Heini im Auto warten musste. Der versaut ihr doch alles, und knurrt.

Sie wollte mir nur geschwind die beiden Kartons mit den Scherben zeigen, dass ich mir ein Bild machen konnte, von der Tragödie. Das war wichtiges Beweismaterial, das musste sie für den Gutachter aufbewahren. Ich sollte wenigstens einen Blick drauf werfen, falls sie einen Zeugen brauchte. Die Versicherung machte nämlich seltsame Anstalten. Die wollten wieder nicht bezahlen, denn der Babsi glaubten sie nicht mehr, dass sie immer, und überall dabei war.

Es ging um die Sache mit der Firma Kabelsalat. Ein Drama. Der Monteur, Herr Roller, war da. Der war vielleicht dick. Er sollte oben im Schlafzimmer den Fernseher einstellen. Der unten lief ja. Sie wollte aber auch vom Bett aus schauen, ist doch bequemer, meinte Klara, zumal der Theo nur noch mitten in der Nacht gesendet wird, bis in die frühen Morgenstunden. Das machen die von der Redaktion mit Absicht, wegen der Einschaltquoten. Die gehen dann hoch wie nichts.

Der Mann von Kabelsalat kam zwei Stunden später, er wirkte total abgehetzt, erzählte sie mir. Klara ging voran, die Treppe hoch zum Schlafzimmer. Soweit war Herr Roller aber noch lange nicht, weil er erst unten renovierte. Er musste gestolpert sein, suchte Halt, doch der Kronleuchter konnte ihn nicht aushalten. Das teure Stück riss ein Riesenloch in die Decke, und flog mit dem Roller, in den Glastisch, ein Designklassiker, und beinahe unbezahlbar. Klara konnte nicht genau sagen, wie ihm das gelungen war.

Wahrscheinlich hatte er Gleichgewichtsstörungen, er war nämlich rechts etwas massiger als links, das war ihr bereits an der Tür aufgefallen, als er reinrollte. Er musste das Übergewicht nach vorn gekriegt haben, oder einen epileptischen Anfall, nur so konnte sie sich das erklären. Sicher hatte er seine Tabletten nicht pünktlich genommen.

Er behauptete aber steif und fest kein Epileptiker zu sein, doch solche Anfälle können ganz unvermittelt auftreten, genau wie geistige Umnachtung. Von jetzt auf gleich. Etwas stimmte nicht mit ihm. Das bemerkte Klara schon, als er noch im Aufzug stand auf seinen beiden Stempeln. Er sollte bei besser bei der Post anfangen, und nicht wie eine Gebirgslawine, durch fremde Wohnungen toben. Er stritt alles ab und blieb dabei, dass es Klara war. So ein Unsinn. Warum sollte sie denn stolpern? Sie lief doch immer hier herum. Sie kannte die Wege, und Hindernisse wie Bodenvasen, und Zeitungsständer. Schließlich wohnte sie hier. Es sah aus wie nach einem Bombenangriff, was einundzwanzig Fotos beweisen konnten. Der Glastisch war ja auch hin, und die Bonboniere aus Bleikristall von Tante Käthe. Ein Erbstück, und gar nicht zu ersetzen. Die Champagnertrüffel flogen ihr nur so um die Ohren, wie bei einer Schneeballschlacht.

Die Schuldfrage muss wohl nicht geklärt werden, lieber Herr Roller, meine Versicherung greift in diesem Fall nicht, erklärte Klara ihm noch ganz freundlich. Da wurde er so richtig pampig, und plärrte Verschiedenes in den Raum. Klara ging inzwischen von Tourett aus. Das hatte er sicher auch noch. Ganz arm dran, doch darauf konnte sie keine Rücksicht nehmen, der Schaden war zu hoch, das bewegte sich im fünfstelligen Bereich. Der Theo hat ihr geraten, sofort einen Anwalt einzuschalten. Sie rief Frau Schmitz-Forelle an, die vertrat ihre Interessen, schon seit Jahren.

Schon seit sie damals Feuer gelegt hatten in ihrem Haus, und es dann so aussehen ließen, als sei es ein Kurzschluss gewesen, weil Klara angeblich keine vernünftige Elektrik hatte. Alles nur Klingeldraht, gaben die Albaner vor zu wissen, die irgendwas am Sicherungskasten manipulierten, und dann die Schuld in die Schuhe von Klara schieben wollten. Kurz danach wurden sie nicht mal abgeschoben. Die waren doch mit allen Wassern gewaschen. Die Schmitz-Forelle konnte nicht so richtig überzeugen, bei der Beweisführung vor Gericht. Die Albaner waren nämlich in ihrer Heimat, und zur Tatzeit gar nicht da.

Das ist doch genau der Punkt, kombinierte Klara, die haben sich ein Alibi gebastelt. Der Richter sah das nicht so. Der war ja auch völlig weltfremd, und betrunken. Das merkte sie gleich. Der Theo hatte in den Sternen, den großen Wagen gesehen. Die Abfahrt. Der Richter bekam die Reise, und seine Papiere. Seit dem war er im Gefängnis eingesperrt, der Trunkenbold. In einem Glaskasten. Als Nachtpotier.

Frau Schmitz-Forelle bekam nun ein neues Mandat. Sie musste sich mit der Versicherungsabteilung von Kabelsalat streiten. Da konnte nichts schiefgehen. Klara hatte Beweismaterial ohne Ende. Zwei Umzugskisten voll Glasscherben, dadurch die Schäden im Parkett, in der Stuckdecke, und noch ein Ass im Ärmel. Das war der rote Sift. Ein Kugelschreiber, auf dem dick und fett das Firmenlogo stand. KABELSALAT. Das würde ihm das Genick brechen. Damit hat er sicher nicht gerechnet. Woher sollte Klara den, denn bitte schön herhaben? Das war Firmeneigentum, und nur für die Mitarbeiter bestimmt. Dem Mops, ist er bestimmt beim Sturz aus dem Blaumann gefallen. Klara packte das Beweisstück sofort in eine Frischhaltetüte, natürlich nicht ohne vorher Handschuhe anzuziehen. Das machen die von der Spurensicherung doch auch, wegen der Fingerabdrücke. Das waren genug Indizien. Dieser Monteur konnte sich gar nicht mehr herausreden. Nicht bei KlarDa musste er schon früher aufstehen. Bei Theo lag der Ausgang gut. Neben Klara die Hohepriesterin, und beim Dicken der Gehängte. Noch Fragen?

Klara rief an, und ich verstand kein Wort. Zuerst befürchtete ich, sie sei am Bahnhof, auf dem Abfahrtsgleis. War sie aber nicht, sondern in ihrer Küche. Sie hatte wie so oft den Lautsprecher an, und die neue Küchenmaschine rappelte dazu. Es war unerträglich.

Ruf mich später an, sagte ich mir tun verdammt die Ohren weh, und außerdem hasse ich geteilte Aufmerksamkeit.

Später kann ich nicht, weil die Babsi kommt, kreischte sie die Abzugashaube an, die sich auch gleich geräuschvoll eingeschaltet hat. Sie bringt die Kinder, das weißt du doch. Ihr Flieger geht heute Nacht, und ich stecke noch mitten in den Vorbereitungen. Es gibt Gemüse, und Sojapudding. Was? Für mich doch nicht, das ist mir zu gesund. Alles für die Kinder. Spielsachen habe ich auch. Ja, ja. Zwei Puppen. Die Reste vom Oktoberfest vor zwei Jahren. Alles Handarbeit. Ein Mädel im Dirndl für die Kleine, und der Junge kriegt das Pendant dazu. Einen Burschen in grünen krachledernen Hosen, mit einer Maß Bier in der Hand. Was? Natürlich ist das was für die Kinder, denn wenn man auf ihre Bäuche drückt, fängt das Mädchen an zu jodeln, und der Knabe sagt was auf, ...

alles Kacke, alles Mist, wenn du nicht besoffen bist. Dann rülpst er noch mal... . Ach komm, hör doch auf, das verstehen sie doch nicht. Ist alles auf bayrisch. Reg dich wieder ab... wann? So um halb drei heute Nacht fliegt sie los nach England. Die Kinder und ich begleiten sie zum Flughafen, mit dem Taxi, zum Winken. Wieso schlafen? Sie können danach wieder in ihr Bett gehen. Was du immer hast, so klein sind sie auch nicht mehr, ... die Babsi ist schon ganz aufgeregt. Seit gestern hat sie schon ihr Panamlächeln auf.

Nur schade, dass der Flug so kurz ist. Ein gepfefferter Tomatensaft, und schon muss sie wieder raus. Nach der Ankunft fährt sie gleich mit dem Taxi ins Hotel, um sich frisch zumachen. Und dann geht's los. Sie ist ja nicht zum Vergnügen dort. Zuerst muss sie in die Firma, ... na, in der er arbeitet, der Ralf. Wie? Klar, weiß ich wo, ... zwei Maschinen sind dort ausgefallen, die können schon Tage nicht mehr produzieren. Ein Verlust ist das, was du wohl denkst. Wie woher? Das habe ich alles in seiner Post gelesen, Benjamin war richtig, nur alles klein geschrieben, ... unglaublich was die ihm bezahlen, dazu noch die Spesen, den Flug erster Klasse, und das Hotel. Da steigt die Babsi auch ab. Auf dem gleichen Flur. Ich brauche doch die Beweisfotos von dem Ralf, und diesem Flittchen. Womöglich gibt er sie als seine Sekretärin aus. Ein notorischer Lügner ist das, sonst nichts. Was? aber ja, hundert prozentig. Aus erster Quelle, wenn ich dir sage. Seine Frau hat ihm in einer email mitgeteilt, dass sie schon wieder diese blonde Frau gesehen hat, direkt vor dem Haus. Die Gleiche wie in Paris. Die hatte auch so raspelkurzes Haar. Zuerst glaubte sie, dass er sie betrügt, in Wirklichkeit wird sie verfolgt, hat sie geschrieben. Diese Frau ist ihr schon ganz oft aufgefallen. Sie hat Angst. Das hat sich auch schon auf das Kalb übertragen, der hat Dünnpfiff. Warum? Die Babsi? Wieso sollte sie denn die Babsi meinen? Niemlas. Die Babsi kann man sich doch gar nicht merken. Die hat doch ein Allerweltsgesicht. Du hast vielleicht wieder Ideen. Seine Frau ist verrückt, das ist alles. Geistesgestört eben. Wirklich. Aber mich betrügt das Schwein auf seinen Geschäftsreisen, davon bin ich überzeugt. Die Blonde, und der Ralf haben ein Verhältnis, glaub mir. Er führt ein Doppelleben. Ein doppeltes. Das muss sofort geklärt werden.

Klara war entschlossen Licht ins Dunkel bringen. Sie hatte schon länger das Gefühl das was nicht stimmte. Mutter hatte ihr von Anfang an abgeraten. Der hat etwas Verschlagenes der Ralf, wie der Heinz Schenk, als er noch beim Blauen Bock war. Das hatte Klara nie so gesehen, aber Mutter wusste es. Sie kannte doch die Sendungen alle. Darauf freute sie sich immer. Nicht wegen dem Schenk, der war doch schleimig, nein, wegen der Musik. Das waren noch gute Lieder. Nicht so wie heute. Das ist doch keine Musik mehr. So etwas nennen die Kunst. Dafür hatte sie wirklich kein Verständnis. Bei aller Toleranz.

Das gleiche gilt auch für die Maler. Was die früher in Italien so schön gemalt haben. Das beste Beispiel ist doch die Tochter von den Fischers. Hat angeblich auf der Kunstakademie studiert, und wie hat sie Mutter gemalt? Das Bild hängt im Heizraum, da kommt keiner rein, höchstens einmal im Jahr der Ableser. Dann stellt sie das Bügelbrett davor. Hochkant.

Um die Roswita finanziell zu unterstützen, hatte Mutter auch Heini malen lassen. Zwei Bilder gab sie in Auftrag. Im Sitzen, und im Stehen eins. Die sind auch nichts geworden. Das Stehbild geht noch, und hängt im Gang, aber auch da stimmen wieder die Proportionen nicht. Die Beine sind viel zu lang, von dem Hund, und Mutters Hals dagegen viel zu kurz, oder besser gesagt, gar nicht vorhanden. Ihr Kinn geht fast bis zum Brustansatz. Als Mutter sie zur Rechenschaft gezogen, und ihr die Kunstfehler aufgezeigt hat, war die Roswita ganz schön stinkig. Sie sei eine bildende Künstlerin, und spezialisiert auf Portraits sagte sie, und sie male exakt das, und nur das, was sie sieht.

Eingebildete Künstlerin, wenn ich das schon höre, ganz schön frech ist die, regte Mutter sich auf. Da haben die Fischers aber was großgezogen, das sage ich dir. Als Kind konnte sie nicht bis drei zählen, die Roswita. Ganz schön entpuppt hat die sich in Berlin. Da haben doch alle solche großen Schnauzen. Schau dir doch die Ilse an.

Ich wollte mich mit solchen Sachen nicht befassen, und ließ sie reden. Ich hatte zu tun in der Werkstatt. Der Tisch musste fertig werden. Ich brauchte Platz. Eine fremde Nummer auf meinem Telefon, gleich dreimal, veranlasste mich zurück zurufen. Eine männliche, durchaus angenehme Stimme, mit holländischem Akzent meldete sich. Es ging dabei um zwei schwere Truhen, und einen Barokrahmen, der von mir vergoldet werden wollte. Alles sehr gerne angenommen, verabredete ich ihn mit Mutter, für den nächsten Tag, die es in Empfang nehmen sollte. Ich musste Tante Irma abholen, hundertfünfzig Kilometer weit entfernt. Im Haus bei ihr, war die Zentralheizung ausgefallen, was im Sommer ein richtiges Problem war. Ihr Hauswirt sparte schon immer am falschen Platz, dieser Erbsenzähler.

Die Zeit verging wie im Flug und endlich war es soweit. Mutter musste zur Reha, und ich mich beeilen. Wir durften nicht zu spät kommen. Sie saß schon seit zwanzig Minuten im Wagen, hatte den bösen Blick im Gesicht, und auf dem Schoß die Tasche mit dem Reiseproviant, für einmal Barcelona und heim. Acht Brote mit Schmelzkäse, das war bei der Hitze am besten. Und drei Bananen. Tante Irma saß mit Heini hinten. Sie lag auf dem Weg, und ich brauchte nur einen kleinen Schlenker machen, um sie abzuliefern. Ich sah noch schnell nach der Post. Frau Kater hatte mir einen Brief geschrieben. Einen Binnenbrief. Wenn ich nicht binnen einer Woche, dreihundertachtzig Euro überweise, schrieb sie, leite sie es weiter, an ein Inkassounternehmen, die würden mir dann schon helfen. Ihrer Ansicht nach, war ich verpflichtet, den Trainingskurs für Heini zu begleichen. Schließlich gäbe es mündliche Verträge.

Klara wusste aber, dass es so etwas überhaupt nicht geben kann.

Mündliche Verträge pah, sagte sie, ist doch lächerlich. Die soll mal schön weiter träumen. Was meinst du was ich so alles mündlich von mir gebe, wenn der Tag lang ist. Da hab ich doch auch keine Verträge mit, oder? Notfalls rufen wir Frau Schmitz-Forelle an.

Solche Zivilsachen schmetterte sie mit Bravur ab. Diese Hundetante kennt sich doch juristisch gar nicht aus. Sie hat eine Chance, wie ihr Pudel beim Metzger, das kann ich dir aber sagen. Ein frustriertes Weib ist das, mehr nicht. Entweder hat sie keinen Mann, oder einen bei dem sie nichts zu melden hat, und dafür anderer Leute Hunde durch die Geographie kommandiert. Das sieht man heute dauernd in den Parkanlagen. Es gibt einfach zu viele Gesetzeslücken bei uns, und die können ihre Dreistigkeiten ganz öffentlich zeigen, un den dicken Max raushängenlassen, diese Exhibitionisten.

Ich lief zurück zum Haus um abzuschließen. Ich wollte losfahren. Mutter sagte ich gar nichts von der Forderung, sonst würde sie es sogar bezahlen, um zu verhindern, dass Frau Kater hier aufschlägt, und sich aufführte. Die Nachbarn hatten schon genug mitgekriegt. Ich würde sie am Montag anrufen.

Mutter wollte wissen wer geschrieben hat. Der Pfarrer, sagte ich ganz beiläufig, ein Spendenformular. Um Himmels Willen, schnaufte sie, steig endlich ein.

Ich schloss nochmal die Haustür ab, eine Angewohnheit von mir. Oft sah ich dreimal nach ob es wirklich alles verriegelt war. Als ich mich umdrehte, stand ein kleiner Mann vorm Zaun, der aber in Wirklichkeit groß war. Seine Haltung war nur so gebückt, er schien breiter zu sein als hoch. Völlig zerlumpte Kleidung trug er, und stützte sich mit rechts, auf einen abgebrochenen Ast. Er streckte mir seinen linken Arm entgegen, und weinte fast, ... bitte, kein Essen, bitte, kein Essen, rief er mir zu. Blitzschnell entriss ich Mutter die Bananen, und Brote. Er wollte es aber nicht annehmen. Kein Essen, war offenbar wörtlich zu nehmen.

Mutter kurbelte ihr Fenster runter, und fragte mich garstig, was glaubst du wohl was der will, der Tiefergelegte? Geld natürlich. Außerdem kann er prima laufen, womöglich ist er sogar Sportler, du siehst doch wie gelenkig der ist, und schnell...

Das stimmte allerdings, denn ehe ich mich umsah, war er schon bei Frau Dietrich an der Haustür, der er ebenfalls zurief, er wolle kein Essen. Frau Dietrich kannte diese Banditen, aus dem Fernsehen. Die hauen die Leute über`s Ohr, schrie sie uns zu. Ich gab Mutter, die gerade mit ihrem Handy hantierte, ihre Tupperware zurück. Sie wollte nur schnell den Herr Bauer warnen, denn dieser Mutant musste demnächst bei ihm vorbei robben. Bloß drinnen bleiben sollte er, und nicht aufmachen, der arme Josef. Arm und Josef gehörten für Mutter zusammen, wie Versicherung und Betrüger, die konnte man alle in einen Sack tun.

Ich stieg endlich ein, doch Mutter aus. Sie vermutete, dass noch mindestens einer dieser Bettelganoven, hinter den Büschen hockte, und nahm vorsichtshalber den Stockschirm, den ihr Tante Irma vorstreckte mit, zur Verteidigung. Die Sache wurde ihr zu brenzlig. Heini knurrte auf dem Rücksitz.

Wir fahren lieber entschied Mutter, die es sich plötzlich anders überlegt hatte. In der Zwischenzeit deponierte ich noch schnell einen Fünfer auf der Mülltonne. Ich sah im Rückspiegel, dass er ihn einsteckte. Tante Irma winkte ihm nochmal, weil sie schon wieder vergessen hatte, dass sie ihn ja gar nicht kannte. Ich fuhr beruhigt um die Ecke, in Richtung Autobahn. Mutter schilderte uns noch die Recherchen der Dokumentation, die sie gesehen hatte, über solche organisierten Verbrecherbanden. Moderne Raubritter waren das.

Vor denen musste man sich hüten.

Wir hatten ungefähr zwei Stunden Fahrt vor uns. Die Zeit benötigte Mutter auch, für ihre Instruktionen. Ich erfuhr detailliert, was zu tun, und zu lassen war. Sie konnte es sogar zweimal von sich geben, dank eines Staus. Wir brauchten, mit Pausen, und Komplikationen vier Stunden. Sie hatte mir alles zur Sicherheit nochmal aufgeschrieben, der Zettel lag in der Küche, neben dem Blutdruckmessgerät. Das hat sie nicht eingepackt. Die haben dort eins. Das wusste sie genau, weil sie am Freitag extra angerufen, und gefragt hat.

Der Müll muss immer dienstags abends raus, vor neun, bevor Herr Bauer zu Bett geht. Dann stellt er seinen auch raus. Er hat nämlich keinen Plan, und verlässt sich voll und ganz auf Mutter, schon seit Jahren. Und den Garten, bitte nicht wieder verkommen lassen. Jede Woche einmal mähen, und abends immer gießen. Immer wenn die Sonne weg ist. Erst dann. Falls was mit dem Wasseranschluss sein sollte, wusste Herr Schwarz wie das geht. Wenn alle Stricke reißen, kann Herr Bauer helfen. Er muss dann nur wieder seine Anglerstiefel anziehen, die gehen ihm bis zu den Oberschenkeln, so wie bei Mutter die Kompressionsstrümpfe, wegen Heini. Das weiß er aber. Er wurde doch schon öfter geschnappt. Und das Grab nicht vergessen. Fünf Kannen müssen immer drauf. Die stehen hinter dem Grabstein. Sie stöhnte, weil sie jetzt schon wusste, dass es wieder aussieht, wenn sie heimkommt. Wieder aussehen, war immer negativ besetzt.

Ach so, und bitte keine laute Musik, fiel ihr zum Schluss noch ein. Frau Dietrich hat sich schon über dich beschwert. Die hat es aber gerade nötig, sich über Lärm zu beklagen, schimpfte sie Tante Irma nach hinten zu, denn wenn sie Besuch von ihrem Sohn bekommt, haben auch alle in der Nachbarschaft was davon. Sein Motorrad macht vielleicht einen Lärm...

Mutter vermutete dass er ein Mitglied der No Angels war. Tante Irma wurde blass im Rückspiegel. Wahrscheinlich sogar der Kopf dieser Bande. Das steht doch auf der Jacke hinten drauf, hast du das nicht gesehen? fragte sie. Die Dietrich merkt aber auch rein gar nichts, bis sie ihn mal in den Nachrichten sieht, oder bei XY, weil er gesucht wird. Dann wird sie schön aus allen Wolken fallen. In Berlin sind die No Angels bereits verboten, da haben sie lange genug ihr Unwesen getrieben. Der ist doch heimtückisch, der Manfred, da konnte er noch so freundlich grüßen. Sie kannte ihre Pappenheimer, der hat schon als Schulbub alles angestellt. Ich soll bloß auf den Hund aufpassen, und im Haus bleiben wenn ich das Moped höre. Die ziehen sofort ihr Schusseisen, wenn was ist, das war bekannt. Glaub bloß nicht, dass der lange fackelt. Der ist feuergefährlich. Herr Bauer traute sich nicht mal mehr raus, wenn er den Motorroller hörte. Mutter hatte ihn geimpft. Sie konnte doch den alten Mann nicht ins offene Messer rennen lassen. Sie hatten doch Brüderschaft getrunken am Geburtstag, sie, und der Josef.

Die Fahrt war anstrengender als ich mir vorgestellt hatte. Das kam vom Wetter, weil es so warm war, meinte Tante Irma.

Die Klimaanlage musste aber trotzdem aus bleiben, wegen der vielen Bakterien, die nach innen gewirbelt wurden, und ihrer Wirbelsäule. Sie hatte dazu noch einen Schnupfen, und Mutter schon angesteckt, was sie wie ein Loch im Kopf gebrauchen konnte, in der Kur.

Du schwitzt aber auch, Kind, sagte sie, und das von nichts. Normalerweise, fahre ich gerne Auto, am liebsten alleine, oder mit dem Hund, aber mit Mutter ganz ungern. Sie fährt ja besser als ich. Das muss aber vor meiner Zeit gewesen sein. Zumindest kann ich mich nicht daran erinnern, dass sie überhaupt jemals gefahren ist.

Ich sollte trotzdem ans Steuer meinte sie großherzig, sie sagt mir doch alles an. Achtung, gleich wird es rot, oder Vorsicht, da will einer raus, und los, rechts ist frei, wenn du dich etwas beeilst...

Ich erschrecke jedes Mal so, dass ich auf die Bremse trete. Das konnte sie ganz und gar nicht vertragen, davon bekam sie immer Brechreiz. Ich bremse viel zu hart. Das hatten sie damals anders gelernt, in den sieben Fahrstunden. So jedenfalls nicht. Und dieses Navi, das machte sie ganz verrückt. Es konnte ja schließlich nur einer reden. Sie stellte es ab, denn wir brauchten es nicht. Sie kannte doch die Wege. Wozu sonst gab es diese Schilder auf den Straßen. Ihr Mann orientierte sich nur daran. So etwas brauchte er nicht, er hatte ja sie immer dabei. Und sie sind, weiß Gott viel herumgefahren. Bis zum Großglockner hat sie ihn schon gelotst, und nach Udine. Tante Irma bestätigte das mehrfach, sie war oft genug mitgefahren früher. Ja.

Auf halber Strecke musste Heini mal raus. Mir war diese kurze Unterbrechung ganz recht, und ich besorgte mir an der Raststätte einen Espresso. Mutter wollte nichts. Sie bekommt bestimmt später noch Blut genommen, meinte sie.

Als ich aus der Raststätte kam, raste ein roter Pkw an mir vorbei, und hätte mich beinahe umgefahren.

Bei meinem Auto angekommen sah ich, dass dieser Wagen, an meinem einen sehr großen Eindruck hinterlassen hatte, hinten rechts. Die Stoßstange war zur Hälfte ab, und das Rücklicht. Der Lack war zerkratzt, und rote Streifen waren überall zusehen. Ein Kleinwagen, Frau am Steuer, mehr wusste ich nicht. Mutter sowieso nicht, sie hatte einen Schock, und musste in eine Tüte atmen.

Eventuell würde ihr dabei das Kennzeichen wieder einfallen, wenn das Gehirn erst mit mal Sauerstoff versorgt war.

Alles ging viel zu schnell. Die Fahrerin, war flüchtig. Da kam ich nicht hinterher. Ich rief die Polizei an, um eine Anzeige zu erstatten, gegen unbekannt. Meiner Einschätzung nach, war der Schaden nicht gerade klein. Die Streife war schon nach kurzer Zeit da. Ich schilderte den Sachverhalt. Ein roter Golf, oder Polo könnte es gewesen sein, innen hell, mit einer blonden Fahrerin. Keine Beifahrer, das wäre mir sicher aufgefallen, immerhin hätte sie mich fast mitgenommen. Sehr laute Musik, mehr konnte ich nicht dazu sagen. Aber Mutter, die sich wohl schneller von ihrem Zustand erholte, als gedacht. Unsere Angaben deckten sich nicht. Das mit der Musik stimmte, die war laut. Tante Irma, die ich vergessen hatte abzuliefern, ist davon sogar aufgewacht. Plötzlich konnten sich beide haargenau an alles erinnern, und waren sofort zu jeder Gegenüberstellung bereit. Mutter würde sie wieder erkennen. Tante Ima auch, die hatte ja ein fotografisches Gedächtnis.

Es waren vier Kerle. Alles glattrasierte Glatzen, und Stiernacken hatten die. Das haben sie genau gesehen von hinten. Bestimmt diese Rechtsradikalen wieder. Die beiden Polizisten tauschten vielsagende Blicke miteinander, und ich musste mich diversen Tests unterziehen, bevor ich wieder ans Lenkrad durfte. Der Ältere zog eine Linie mit Kreide in eine der Parklücken, und bedeutete mir, auf dem Strich zu gehen. Sollte ich das anständig hinbekommen ohne umzufallen, klärte er mich auf, würde sein Kollege auf das Blasen verzichten.

Mutter war bei drei aus dem Auto, und drohte mit einer Anzeige wegen übler Nachrede. Selbst in Uniform dürfe er sich nicht alles erlauben, kreischte Tante Irma, die ihre Scheibe nicht aufbekam. Er könne höchstens bald seinen Dienst quittieren. So was nennt sich Schutzmann, schrie sie den anderen Polizisten an, der gerade die Venen in meiner Armbeuge prüfte. Schämen sollte er sich.

Das tat er nicht. Er bot mir eher den Alkoholtest, mittels Blutabnahme an. Auf dem Revier. Meine Nerven lagen blank. Heini bellte wie irre auf der Rückbank, er mochte noch nie wenn jemand neben seinem Wagen stand. So ein Theater, und das alles, wegen Mutter und Tante Irma, die nicht einsehen wollten, dass es keine Glatzen waren, die sie gesehen hatten, sondern hellbraune Kopfstützen. Aus Leder.

Ob die Herrn Wachtmeister wohl glauben, sie habe noch nie Nackenstützen gesehen, wollte Tante Irma keck wissen. Sie hatten doch früher selbst welche, im Ford Taunus. Das wusste sie noch ganz genau. Einen steifen Hals hatte sie, nach jedem Ausflug sonntags deswegen.

Mir war zu dem Zeitpunkt schon alles egal, ich wollte nur weg von dem Rastplatz. Mit soviel Aufmerksamkeit konnte ich überhaupt nicht umgehen. Inzwischen hatten sich ungefähr hundert Schaulustige um uns herum versammelt, die alle ihre Brote, und Thermoskannen auspackten. Ein itaienischer Eiswagen hielt an, und klingelte unverschämt laut. Er wollte sein gemischtes Eis verkaufen, und mischte ordentlich mit. Halten Sie dem Jungen wenigstens die Ohren zu, herrschte Mutter eine junge Frau an, deren kleiner Sohn, schon dreimal alte Schlampe wiederholte, und auf Tante Irma zeigte, die sich gerade verschiedene Kennzeichen auf Klopapier notierte. Das ganze ging noch eine Weile hin und her, bis einer der Polizisten, dann doch meine Version zu Protokoll brachte. Wir konnten weiterfahren. Ich gab Gas. Irgendwer warf mir noch eine Bananenschale nach, die an der Rückscheibe kleben blieb. Heini bellte noch, bis ich mich in die mittlere Spur eingefädelt hatte, und reagierte nicht auf Tante Irma, die es mehrmals mit PLATZl probiert hat. Er platzte nicht.

Wie durch ein Wunder sind wir, eine halbe Stunde später, unfallfrei im Kurort angekommen. Mutter redete bis dahin keinen Ton.

Zur Strafe. Sie war beleidigt. Ich setzte sie direkt vor der Tür ab. Auf keinen Fall sollte ich mit hinein gehen. Die würden sonst denken, sie sei alt, und findet nichts.

Nächsten Sonntag würden wir uns ja wiedersehen. An ihrem Geburtstag. Es machte ihr nichts aus diesen Tag in der Reha zu verbringen. Ist doch ein Tag wie jeder Andere auch. Hauptsache der Hund kommt, sagte sie versöhnlich.

Der kommt, versprach ich.

Sie zehrte ja immer noch vom letzten Jahr. Das war wirklich eine schöne Feier, träumte Tante Irma noch immer...

Ihr letzter Geburtstag, ein Runder, war etwas ganz Besonderes, da haben wir groß gefeiert. Mutter nullte, das wussten alle. Die neun davor war doch nicht der Rede wert. Klara sagte, das ist schon eine amtliche Hausnummer, dafür wollte sie sich etwas ganz besonderes einfallen lassen. Also lud ich ein.

Mutters Schwestern, meine Cousinen, alte Freunde von ihr, aus Italien und Österreich. Sogar den Kurt den Schmalzdackel, den Tante Irma fast geheiratet hätte. Seine Tochter stellte ihn schon morgens ab, mit samt Rollstuhl. Der ist aber alt geworden, stellte Tante Irma fest, die ihn schon fünfzig Jahre nicht gesehen hatte. Beinahe hätte sie ihn nicht wiedererkannt. Die Nachbarn waren natürlich auch eingeladen, und Klara. Sie brachte die Babsi zum Fotografieren mit, die mir auch bei den Vorbereitungen half, und ein kaltes Buffet zauberte, das sich sehen lassen konnte. Ich war eher für das Grobe zuständig, und tat mein Bestes. Die Terrasse wurde zur Bühne. Darunter baute ich den gelben Pavillon auf, schleppte Tische, und Bänke von A nach B, kümmerte mich um die Boxen, den Verstärker, und das Mikrophon, für den Kurt, der lange schon etwas vorbereitet, und zu sagen hatte.

Wie sich später herausstellte, hatte er in der Tat viel zu sagen. Er fing sogar zu politisieren an, und drängte seine Meinung einer ahnungslosen Öffentlichkeit auf. Mutter mißbilligte das, und setzte dem ein Ende, indem sie eine Grimasse schnitt, und mir ein eindeutiges Zeichen gab. Das Halsabschneidezeichen. Mir war sofort klar, was ich zu tun hatte, und simulierte einen Kurzschluss. Der Kurt regte sich übertrieben auf, und begann gleich zu hyperventilieren. Er hatte seine Arme nicht mehr unter Kontrolle. Es schien, als wollte er Windmühlen durch Pantomime erklären. So war es aber nicht. Er mochte nur in der Gebärdensprache weiter machen, schließlich waren auch ein paar Schwerhörige dabei.

Klara flößte ihm schnell ein Glas KO Tropfen ein, mit etwas Leitungswasser. Zur Beruhigung. Sekunden später war er auch schon eingeschlafen, und die Babsi schob ihn von der Bühne. Sie hatte Mutters weiße Kittelschürze angezogen, und sah in der Dämmerung wie eine Krankenschwester aus. Den Rollstuhl parkte sie mit Inhalt hinter der Hecke, weil er schnarchte wie verrückt.

Als es dann dunkel wurde, kam die große Überraschung. Klara hatte einen Star engagiert. Einen der Mutter schon immer gefiel. Zuerst wollten sie den Enkel Bert unter Vertrag nehmen, aber ich bezweifelte, dass ein sechzehnjähriger Schüler, der Richtige war. Ob er das Repertoire kannte war überhaupt nicht sicher, das würde Mutter sofort merken, sie kannte doch alle seine Schallplatte auswendig. Also, entschied sich Klara gegen ihn, zu Gunsten von Elvis. Den schenkte sie ihr.

Als alle im Garten waren, schleuste die Babsi diesen Mann durch die Hintertür, in den Vorratskeller. Das war die Künstlergardarobe.

Da musste er sich umziehen. Aus seinem Rucksack zog er einen weißen Kunstlederanzug, mit goldenen Pailletten hervor. Dazu gab es die passenden Stiefel, auch weiß, die hatte eine drittklassige Schneiderin schon an den Anzug dran genäht. Der Gürtel, ein ganz breiter aus Blech, passte ihm nicht. Die Schnalle glitzerte zwar ganz groß Elvis, drückte ihm aber direkt in den Magen, und regte unangenehm den Zwölffingerdarm an. Luft bekam er auch nicht, nur den Schluckauf. Klara zählte. Bei dreihundertzehn durfte er wieder atmen, dann war der Hickser weg, und er auch. Nach zwei Ohrfeigen, von der Babsi, kam er wieder zu sich. Den Gürtel band er trotzdem um, weil er musste. Für Mutter. Sie sollte das volle Programm kriegen, das hatten wir schließlich so bestellt, und bezahlt, machte Klara ihm klar. Sie kannte kein Pardon. Vertrag ist Vertrag, und kommt von vertragen, kapito? Die Schmitz-Forelle hatte diesen Kontrakt persönlich aufgesetzt. Klara klärte ihn beim Schminken, über seine Rechte auf. Er musste sich auch die Koteletten mit Kajal, anmalen lassen. Seine waren nicht lang genug. Sie hielt ihm wortlos die Plattenhülle von Elvis persönlich unter die Nase. Das reichte.

Nach einer Stunde war er fertig, und sah genau aus wie Elvis. Aber kurz vor seinem Tod. Eine weiße Boje, und genauso besoffen. Doch singen konnte er. Alle waren begeistert. Mutter musste heulen, als er ihr eine Rose überreichte, bei Kiss me quick.

Nur auf mich war er mächtig sauer, als er über die Kabeltrommel flog, ich war ja für die Beleuchtung zuständig. Er konnte sich nicht mehr fangen, und rollte über die Bühne, runter in den Garten, genau vor Mutters Füße. Das sah dann wieder einstudiert aus. Alle haben geklatscht. Total professionell, lobte Klara.

Mutter erinnert sich noch immer gerne daran. Ein paar von den Fotos stehen sogar eingerahmt auf dem Klavier. Die Nachbarn reden heute noch davon. Alle haben getanzt. Frau Dietrich war hin und weg. Sie wünschte sich ein Lied. Vielleicht kann er ja mal was von Elvis singen? Die Geburtstagsgäste waren alle begeistert, nur Herr Bauer nicht. Dem hat es nicht gefallen. Wo ist denn der Indianer, fragte er, und der Feuerwehrmann. Die Fehlen aber, reklamierte er bei Klara, die sagte, ...

die Village People sind auf Tournee, in Kualalumpur. Ums Haar hätte der Elvis dahin mitreisen müssen, als Double, für die Rothaut. Der hatte sich nämlich krankgemeldet. Scharlach. Das wäre gar keinem aufgefallen, der Sitting Bull war ja auch so dick früher.

An diesem Abend wurde so einiges durcheinander gebracht. Der Elvis verwechselte seine Titel, Heini die Büsche, Klara ihre Tabletten, Frau Dietrich ihren Mann, Tante Irma die Gläser, und Frau Kugler die Bratwurst mit einer Zigarre.

Irgendwann sagte Klara, dieser Sumoringer ist nicht mehr gesellschaftsfähig. Der muss sofort evakuiert werden. Ab ins Taxi mit dem, ohne abschminken. Das soll er im Hotel schön selber machen. Diese Klausel hatte die Schmitz-Forelle clevererweise eingefügt. Gerissen war sie, das musste man ihr lassen.

Der Elvis wollte das nicht einsehen, und lieber noch weiter grölen, ohne Playback und Gage, bis die Babsi alle Stecker zog, und ihn von der Terrasse. Sie musste ihm auf ihr Augenlicht, auf das ihrer Mutter, und den Kindern schwören, dass er alle Fotos von diesem Abend bekommen würde, für die neuen Autogrammkarten.

Hand aufs Herz, versprach sie, und band ihn vorsichtshalber, mit einem Gartenschlauch am Zaun fest. Dann rief sie ein Taxi an. Er torkelte, trotz Bondage, und fiel um. Aufs Gesicht.

Den Jägerzaun hob es gleich mit, aus den Angeln. Bei dem Sturz, musste die Naht von seinem Strampelanzug gerissen sein, genau mittendurch, man konnte seine Boxershort sehen, darauf hatte jemand ein Flußpferd gestickt, und sein linker Gummiabsatz war abgebrochen.

Das Taxi fuhr auf den Hof, und in ihm ein Fahrer, der von irgendwo aus Afrika kam. Den konnte man im Dunkeln zunächst gar nicht sehen, bis er weiß wurde. Er drückte sofort alle Knöpfe runter. Es war ganz offensichtlich, dass er den Elvis nicht mitnehmen wollte. Durch einen Spalt an der Beifahrerscheibe, schob er mir einen Zettel zu.

Schwangere, ab siebten Monat, und Betrunkene, transportiere er grundsätzlich nicht. 1. , wegen einer möglichen Frühgeburt, und 2. , wegen einer unmöglichen Sauerei. Punkt.

Wie frech die doch sind, diese Bunten, meinte Klara, das sollten wir mal machen in Timbuktu. Da landest du, bei drei im Kochtopf, das glaub mal.

Des Friedens willen, habe ich dem Fahrer die Anfahrt erstattet, und den Elvis selbst ins Hotel gefahren. Ich war die Einzige, die nüchtern war, von der ganzen Blase. Das rechnete mir Tante Irma sehr hoch an, denn an diesem Abend, hatte keiner in sein Glas gespuckt, sagte sie am nächsten Tag zu mir. Das wusste sie noch. Ich warf, den Elvis direkt vor dem Eingang der Pension ab, sollte sich doch der Nachtportier mit ihm beschäftigen. Ich hatte keine Zeit für diesen Pflegefall, weil ich zu Hause nach den anderen sehen musste.

Als ich zurück kam, nach einer halben Stunde etwa, stritt sich Klara gerade mit Herrn Bauer, der sich total überschätzte, und sie küssen wollte. Ich bin sofort runtergegangen, vorbeigerauscht an meiner Cousine, die ausgelassen mit Herrn Schwarz tanzte, der vor vier Gläsern noch ein Knalldepp war.

Mutter schlief laut in ihrer Gartenliege, und meine Tante rauchte trocken. Die Babsi operierte Herrn Dietrich gerade einen Nagel aus dem Finger, der hartnäckig versuchte den Zaun zu reparieren. Ich wollte mich nur noch hinlegen. Hundemüde war ich. Wie Heini. Er lag quer in meinem Bett, sicher hatte es in seinem Körbchen wieder mal gespukt. Mit einer Decke, schlief ich auf dem Sofa ein. Endlich Feierabend.

Am nächsten Tag, wachte ich früh auf. Es war mucksmäuschenstill im Haus. Vom Fenster aus, schaute ich in den Garten. Es aus sah aus wie in Texas, nach einer Schießerei. Ich kochte mir eine Kanne Kaffee, und ging hinaus. Beim Aufräumen, fand ich Leichen.

Tante Irma hing in der Hollywodschaukel, und sah aus als hätte sie die Masern. Sie war überall von den Mücken zerstochen. Dann bin ich an den alten Kurt geraten, der in seinem Rollstuhl gerade erwachte. Seine Absichten waren ganz eindeutig, er wollte dort weitermachen, wo er abends aufgehört hatte. Bei Willy Brand.

Ich rief sofort seine Tochter an, und bat sie, ihn umgehend abzuholen. Klara kam verschlafen raus, in lila Seide, und war recht erstaunt, weil dieser Vortragskünstler schon wieder wach war. Sie schläft von so einer Dröhnung gewöhnlich zwei Tage durch, sagte sie. Mindestens. Der Kurt war ganz schön hartgesotten.

In diesem Jahr brauchte Mutter keinen Trubel. Sie wollte lieber was für ihre Gesundheit tun, in der Kur. Ich konnte also beruhigt wieder losfahren, in Richtung Heimat, hoffentlich ohne Stau. Wir hatten genug erlebt für heute. Ich wollte auf dem schnellsten Weg nach Hause fahren, mit dem verbeulten Wagen, und nicht mehr bei Klara vorbei. Ich versuchte sie anzurufen. Es war besetzt.

Auf halber Strecke sah ich verstohlen auf die Raststätte gegenüber. Normalerweise wollte ich einen großen Bogen darum machen, aber ich hatte einen guten Grund dort anzuhalten. Die ganze Zeit über, musste ich an den kleinen Hund denken, der an einem Baum, neben der Raststätte angeleint war. Ich hatte ihn lange noch im Rückspiegel beobachtet. So konnte ich nicht weiterfahren. Zumindest wollte ich sehen, dass er nicht mehr da war. Dass er abgeholt wurde. Ich nahm die Ausfahrt, fuhr auf den Rastplatz, vorbei an der Tankstelle, und sah ihn schon von der Ferne. Die dreihundert Meter, die mich von ihm trennten, raste ich mit achtzig. Einer zeigte mir den Vogel, und eine braune Frau den Mittelfinger. Ich war hier schon bekannt, und hatte keinen Ruf mehr zu verlieren. Eine Vollbremsung, und schnell raus aus dem Wagen. Das kleine Hundemädchen freute sich riesig, und nahm die Einladung von Heini zu Leckerchen an. Irgendwer hatte ihr wenigstens Wasser hingestellt, in einer Konservenbüchse.

Blitzschnell war sie abgebunden, und im Auto, neben Tante Irma. Sie hatte lange genug auf uns gewartet. Jetzt fahren wir nach Hause. Ich machte mir keine Gedanken ob jemand den kleinen Hund vermissen würde. Wer seinen Hund vergisst, hat ihn nicht verdient, für mich gehört das sogar hoch bestraft. Ich bin der Meinung, dass jeder der einen Hund haben möchte, so eine Art Führerschein dafür machen sollte. Nicht einfach ein Tier nehmen, und dann wieder aussetzen, weil es zu viel ist, oder zu groß, oder, oder, oder... Eine Riesenverantwortung ist das, dessen sollte man sich bewusst sein.

Ich fuhr nicht so schnell, und beobachtete im Spiegel ob Elsa, die Fahrt vertrug. Das Kind hatte also schon einen Namen. Ich lieferte Tante Irma zu Hause ab, und musste mich kurz mit ihr um Elsa streiten, weil sie dachte es sei ihr Purzel. Der war aber schwarz, und schon lange tot. Das musste sie dann einsehen.

Ich freute mich bald zu Hause zu sein, und versuchte es erneut bei Klara. Wie zu erwarten, war immer noch besetzt.

Der Theo flüsterte ihr wahrscheinlich den Wochenrundumblick, wie jeden Montag um drei. Sie rief mich zurück. Ich hatte also noch hundertfünfzig Kilometer Zeit, für Neuigkeiten.

Im Rundumblick, hatte der Theo etwas gesehen, was sehr uninteressant war, machte aber eine große Sache daraus. Klara war in Hochstimmung. Ein neuer Mann bahnte sich den Weg zu ihr. Der Theo hat alles in grün wahrgenommen, und Vogelstimmen gehört, dabei war er nicht im Park, sondern in Trance. Er musste wieder in seiner Büchse gelegen haben, und redete Blech, nahm ich an. Noch tappte er im Dunkeln. Er konnte Klara noch nichts Konkretes über diesen Mann sagen, auch kein Sternzeichen.

Mir wäre am liebsten ein Stier, überlegte Klara laut, was meinst du? Elefant, antwortete ich, die haben dicke Haut, doch das überhörte Klara, weil sie gerade die Geburtszahlen addierte. Zweimal die Eins, das hatte der Theo ausgerechnet, und war äußerst selten.

Die Eins hatte doch kein Mensch. Zumindest kein Lebendiger. Die meisten waren Nullen.

Neben ihr, und dem Theo, gab es früher noch ein paar Einser, ja. Jesus, und Gandhi um Beispiele zu nennen, und noch einer aus Indien, der auch die Massen bewegte, soll dazu gehört haben.

Dieser befand sich aber ebenfalls schon im Nirwana.

Wahrscheinlich durch einen Autounfall. Er hatte sich selbst aus dem Leben katapultiert, in seinem orangenen Schlitten. Kein Wunder, auf den Holperstrassen. Eine Planierraupe wäre sicher sicherer gewesen, aber er die haben ihm nicht gefallen. Er sammelte Rolls Royces, und hatte achtzig davon. Er nannte sich Backwahn. Seine Bäckerlehre, im elterlichen Betrieb, brach er so viel ich weiß, schon im ersten Lehrjahr ab, und wurde Guru. Von da an hat er seine eigenen Brötchen gebacken. Ihm folgten viele Anhänger, die auch alle Anhänger hatten,

und zwar jeder einen in orange, an einer langen Holz-
kette. Wahrscheinlich abgebrochene Karosseriestücke
des Totalschadens, und umhäkelt. Sie sind alle bis heute
noch ganz verrückt, auch nach ihm, und leben in einem
Ashram, am Arsch der Welt. Alles zu seinem Gedenken.
Der hatte also auch die Eins.

Mutter hatte aber eine ganz andere Theorie, was das
anging. Sie war sich ziemlich sicher, dass der Theo die
Geburtszahlen durch würfeln ermittelte, beim Knobeln.
Wie sollte dieser Einfaltspinsel denn sonst auf die Zahlen
kommen? Es gab nämlich Würfel, mit denen man nur
die Eins würfeln konnte, oder die Sechs. Diese geni-
ale Erfindung, war von meinem Onkel Francesco. Der
brachte diese Würfel unter die Leute damals, in Sizilien.
Damit verdiente er seine Lire, bis die Maffia ihm auf die
Schliche kam. Die kauften ihm das Patent sofort ab, und
nahmen ihn in die Familie auf. Seit dem kontrolliert er
zwei Strassen, und hält sie sauber, von Zigarrenkippen
und so... Das ist aber eine andere Geschichte.
    Heute sind diese Würfeldinger in jedem zweiten Haus-
halt zu finden, so kann jeder, jeden aufs Kreuz legen.

Die gehören genauso verboten wie Gaspistolen, sagte
Mutter die verärgert darüber war, weil sie falsche Tatsachen vortäuschen diesen Knarren. Damit kannst du
noch nicht mal einen ins Bein schießen, dass er stehen
bleibt. Nein, mit den Attrappen konnte man keinen
ruhig stellen. Alles nur noch Gaunerei. Genau wie der
Theo. Ein ganz ordinärer Trickbetrüger war das. In solchen Dingen konnte man ihr nichts vormachen. Seine

Karten sehen alle gleich aus, von hinten. Wenn das kein Schwindel ist, dann fresse ich einen Besen, meinte sie dazu, und fegte weiter Blätter zusammen...

Mir fiel während meiner Gedankenreise ein, dass ich noch gar nicht bei ihr angerufen hatte. Von dem Kurleiter, Herrn Rose wusste ich, dass zu viele Anrufe oder Besuche in der Kur, gar nicht gern gesehen waren. Ich verschob es auf den nächsten Tag, und gönnte mir einen faulen Tag.

Klara telefonierte mich an. Es war halb sieben. Sie war in Eile, und klang abgehetzt. Die Babsi war schon da, mit den Kindern, sogar ausnahmsweise ohne Verspätung. Wir gehen rüber, ins Mama Mia, sagte sie, Pizza essen. Die Kinder wollten den Sojapudding nicht. Sie haben laut geschrien, und gespuckt. Schlimme Gören. Die Babsi hat kläglich versagt, mit ihrer Erziehung. Die werden es mal schwer haben später. Ich werde ihnen aber die Hammelbeine lang ziehen, in den nächsten Tagen. So wahr ich Klara heiße. Bei mir herrscht Zucht und Ordnung. Die Babsi kennt so etwas nicht.

Woher denn auch?

Arme Barbora. Die hatte noch Einiges zu lernen.

Es war immer noch schön warm, und ich wollte im Garten eine alte Kommode abschleifen. Dazu hatte ich die Zeit, die Muße, und jede Menge Blattgoldpaste. Für Bauernmalerei hatte ich noch nie viel übrig, und verziere viel leiber mit anderen Ornamenten. Manchmal richtig bunt, mit viel gold oder silber, aber auch schlicht. Ein schöner Stilbruch.

Klara fand es grässlich, aber ich war unabhängig von der Meinung anderer geworden. Mir gefiel es, und ich hatte schon so manches Stück verkauft. Die kleine Kommode ging an eine junge Frau aus dem Nachbarort, für ihren Laden. Ich hatte sie erst vor ein paar Tagen gefunden, und konnte endlich anfangen. Ich freute mich auf diese Arbeit. Für mich war es eine Art Meditation, in Aktion. Wie im Kloster, beim Rüben schneiden. Dort mochte ich die Küchenarbeit. Lieber als den Hof fegen, aber alles diente der Achtsamkeit. Ich lernte, immer ganz und gar bei einer Sache zu bleiben. Genau zu beobachten. Nur der Moment ist wichtig.

Dem Augenblick, soll man seine ganze Aufmerksamkeit schenken. Auf diese Weise entkommt man dem Kino im Kopf, den Gedanken, die gebetsmühlenartig und unermüdlich kreisen, um Sorgen, und Ängste. Um Dinge die man nicht beeinflussen kann, weil sie nicht in unserer Macht stehen. Nur der Augenblick zählt. Das Jetzt. Nur daraus besteht im Grunde unser Leben.

Aus vielen Jetzten. Es ist nicht einfach, das im Alltag unterzubringen. Doch ich übe, und lerne. Tag für Tag.

Noch einmal betrachtete ich die kleine Kommode, und entschied mich, schwarz zu grundieren. Die Muster dann in türkis, und etwas königsblau, mint, und alt silber. Aber auch purpur, rost, und gold mit weinrot, nein... kein weinrot.

Über diese vielen Möglichkeiten, machte ich mir meistens in der Hängematte Gedanken, ... ocker, wäre auch mal was...

In meiner Werkstatt gab es nicht mehr viel Auswahl, und mir kam tatsächlich diese Idee, zum Baumarkt zu fahren. Ich raffte meinen Rock, und mich selbst auf. Kurzentschlossen und sofort. Lange durfte ich nicht überlegen. Warum nicht mal unter die Menschen gehen? Das musste auch geübt werden.

Kaum saß ich im Auto, klingelte mein Telefon. Klara. Sie wollte nur wissen wie man, billiges Flittchen, am besten ins Englische übersetzt. Das stand nirgends, nicht mal für Fortgeschrittene.

Später, sagte ich, und parkte rückwärts ein.

Beim Baumarkt? Du? Klara war erstaunt. Hast du wenigstens was vernünftiges an? Oder wieder irgendeine schwarze Kutte? Neulich erst, habe ich gelesen, dass die Chance, den Mann fürs Leben kennenzulernen, in Baumärkten am höchsten ist. Dort treiben sich die brauchbarsten der Sorte herum, solche die auch mal was reparieren können. Die Meisten sind geschieden, und bauen um, verstehst du? Also nimm noch etwas Lippenstift, aber ja nicht den Dunklen, da siehst du aus wie herzkrank, hörst du?

Innen war es sehr voll, und die Luft war stickig. Ich bereute meinen Entschluss schon. Eilig startete ich in die Fachabteilung durch, zu den Farben. Rosenholz war neu, und aqua. Schnell nahm ich zwei Dosen Klarlack, Farbspray, verschiedene Pinsel, Reniger, Lösungen,

Schleifpapier, und packte es in meinen Hut, den ich umdrehte. Ich hatte keinen Wagen genommen. Der Weg zu den Kassen, führte durch die Zooabteilung, dort gab es jede Menge Spielsachen, Hundeshampoo, und leckere Leckerchen. Ich nahm noch eine Bürste mit für Elsa, und ein Halsband mit passender Leine. Für Heini jede Menge Diätfutter, und Schokomäuse. Einen Wälzer über Hundeerziehung für mich, und beinahe noch Fische. Sie waren so herrlich bunt. Ich staunte wieder über die Natur, und was sie so alles fertig brachte. Ich entschied mich dann aber doch gegen das Aquarium, weil ich nur zwei Hände hatte. Ich war wie in einem Rausch. Mein Rucksack platze aus allen Nähten.

Kurz vor den Kassen stand eine riesige Kühltruhe, und ich nahm noch Eiskonfekt mit, für Heini. Das würde er mit light Futter wieder wettmachen. Die zwei Schlangen waren sehr lang. In dem Moment, als ich mich einer anschließen wollte, fiel mir ein junger Mann auf, der mich wie hypnotisiert anstarrte, obwohl ich keinen Lippenstift trug. Seine Blicke hatten es in sich.

Ich drängelte mich schnell weit vor, um ihm zu entkommen, denn für ein Rendezvous war ich noch nicht bereit. Damit er gar nicht erst auf den Gedanken kam, nach meiner Nummer zu fragen, drehte ich mich um, und zeigte ihm die kalte Schulter, die er gleich heftig packte, und mich mit sich fortzog.

Ich habe zwei Möglichkeiten, sagte der Hausdetektiv. A, ich leere sofort meinen Rucksack und den Hut aus, verschwinde und respektiere das Hausverbot auf Lebzeit, oder B, eine Anzeige inklusive Freifahrt auf die nächste Wache, und das noch schneller als die Polizei erlaubt.

Erklärungen könne ich mir sparen, das höre er täglich, fügte er mit großen Gesten hinzu. Er nahm sich, und die Sache mit der Diebstahlprävention offenbar sehr ernst. Ich musste nicht lange nachdenken, und entschied mich für Vorschlag A, weil alle schon zu uns herüber schauten, und jedem klar sein musste, dass hier nicht eine Verabredung zum Essen, Inhalt der Rede war. Er brachte mich bis zum Wagen, und wartete grimmig bis ich los fuhr. Das Eis schmolz auf dem Beifahrersitz.

Die Farben würde ich mir im Internet bestellen, wie sonst auch. Gleich am Montag wollte ich mit Herrn Sinn darüber sprechen, der in unserem letzten Krisengespräch meinte, ich sollte versuchen Normalität in den Alltag zubringen. Einkaufen, oder vielleicht auch mal in ein Restaurant gehen. Gut wäre auch einen Kurs zu belegen, oder einem Verein beizutreten, dem Chor...

Davon war ich noch meilenweit entfernt. Die nächsten Tage verließ ich das Haus nur, um in den Wiesengrund zu gehen, mit den Hunden.

Den Wagen fuhr ich gleich in die Werkstatt, was ursprünglich eine Doppelgarage war, und sperrte ab. Er wurde vorerst nicht gebraucht, und hatte frei.

Im Haus war es angenehm kühl. Ich warf meine Schuhe, den Hut und die Wagenschlüssel, auf die Bank im Flur, und zündete mir eine Gold Vanilla an. Das war wieder ein derber Rückschlag. Daran hatte ich zuknabbern. Ich sah dem Rauch hinterher, und lauschte den mir vertrauten Stimmen, die was auf dem Anrufbeantworter hinterlassen hatten, . . und es tat gut.

Die erste war von Mutter, und hörte sich geschäftlich an. Ganz so, wie sie es bei Bestellungen immer tat, nannte sie zuerst ihre Kundennummer. Ich bin es.

Der Grund ihres Anrufs.

Was ich dabei habe, reicht hinten und vorne nicht.

Dann die gewünschte Anzahl, meist zweistellig, und zuletzt den Artikel. So gehörte sich das. Kannte sie doch von Shop mop, und erleichtert denen die Arbeit ungemein. Um alles Weitere müssen die sich selbst kümmern, dafür werden sie auch bezahlt. Das musste ich dann auch, und erledigte die Aufgaben von Dhl gleich mit. Am Sonntag, lieferte ich aus.

Ich rief zurück, doch Mutter war nicht erreichbar, ihre mailbox war an. Fast hätte ich aufgelegt, doch mir ist eingefallen, dass sie sich beunruhigen könnte. Zumindest den Namen sollte ich sagen, sie würde sonst glauben, es sei eine Belästigung, oder Banditen.

Ihre Schwester, Tante Irma wurde vor zwanzig Jahren furchtbar gegeißelt. Per Telefon. Das kostete Nerven. Die ganze Familie war fertig. Der Egon fing sogar an zu trinken, und meine Cousine blieb sitzen. Bis zu seinem Tod konnte der Egon das nicht verwinden. Er prozessierte mit der Telekom über Jahre. Immerhin hatte die doch die Schuld an dem Fiasko, wie oft hatte er denen gesagt, sie sollen bitte nicht jeden Anruf weiterleiten, nur Familie und Bekannte.

Kollegen selbstverständlich auch, das sollte wohl klar sein. Die bekamen den Telefonterror einfach nicht in den Griff. Der Egon trank immer mehr, und verlor sogar die Arbeit. Bei der Polizei hat man ihn auf Grund dessen entlassen. Sie kamen ganz gut ohne ihn klar. Am nächsten Tag fing schon der neue Hausmeister an. Im Geheimen arbeitete der Egon aber weiter, nur verdeckt. Einerseits für die Polizei, als Verbindungsmann zur Unterwelt, und andererseits für die Gangster als Informant, damit die wussten, wann Schichtwechsel war. Dann war nämlich nur die Putzfrau im Büro, die so manche Akte unter den Tisch fallen ließ. Dafür gab es satte zehn Prozent. Sein Honorar bekam der Egon auch im Doppelpack. Tante Irma glaubt noch heute, dass er beim Spionageabwehrdienst war. Davon konnte man gut leben, beteuert sie immer. Sie hat sogar noch einen Nerz, aus der goldenen Zeit. Den könnte sie sich heute nicht mehr leisten. Den allerdings durfte sie nur bei Dunkelheit im Ausland anziehen, und um Himmels Willen, niemals an einer Garderobe abgeben. Der fehlte nämlich wo. Genaugenommen bei Pelze Hundemann in der Innenstadt.

Den hat seinerzeit der Neunfingerheinz organisiert. Ein ganz übler Schurke war das, der rechts nur vier Finger hatte. Der Kleine war ab, was den Vorteil hatte, dass er keine Fingerabdrücke abgeben musste. Nur winken. Das reichte.

Der Egon wurde nicht immer mit Bargeld bezahlt. Das hatte, wie alles seine Vor, und Nachteile beim Geheimdienst. Gut war, dass er noch ein paar Juwelen versteckt hatte, im alten Alibert bei den Tabletten, und einen Opel Commodore. Die Karrosserie stand auf Backsteinen in der Garage. Er wollte ihn dort dreißig Jahre stehen lassen. Dann würde er richtig Geld bringen. Solange konnte Tante Irma aber nicht warten mit dem Verkauf, und der Neunfingerheinz noch weniger. Die Tante brauchte das Geld für die Erdbestattung von dem

Egon, und der Heinz für sein Ticket nach Bogota. Das interessierte den Autohändler, dem sie den Wagen anbot, aber überhaupt nicht. Er stellte das Fahrzeug sicher, und meine Tante gleich mit. Ein Angestellter, verständigte die Polizei, während der Chef, Tante Irma in einem Schacht in Schach hielt, in der Autowaschanlage. Das erlauben die sich nur mit uns Frauen, sagte Mutter böse, und fügte noch was in Zeichensprache hinzu.

Der Wagen wurde sofort konfisziert. Das ist, wenn ein Polizist, sich etwas unter den Nagel reißt, klärte Mutter uns auf, konfiszieren hört sich eben besser an, als wäre es erlaubt, ungefähr so, hatten wir uns das vorzustellen. Sie wusste das alles, vom vielen kreuzworträtseln früher. Der Neunfingerheinz bestätigte das Ganze noch, in dem er behauptete, der Wagen sei geklaut. Er rief bei Tante Irma nach Egons Tod an, wegen seiner Anteile, mit verstellter Stimme, und einem Korken zwischen den Lippen, damit ihn keiner verstand, und was nachweisen konnte.

Der Autohändler steckte ganz sicher mit der Polizei unter einer Decke, die waren doch allesamt korrupt. Ganz, ganz windige Hunde waren das, damit hatte Mutter auch ihre Erfahrungen. In Italien erlebte sie Sachen, über die man besser schweigen sollte. Davor hatte meine Tante absoluten Respekt. Sie durfte diesen Mottenfiffi deshalb noch immer nicht anziehen, das sei zu riskant, meinte Mutter. Am Ende haben wir noch die ganze Polizei am Hals, und Interpol. Es gibt Dinge, die verjähren nie. Das alte Ding hängt bei uns schon Jahrzehnte im Keller. Aber nicht mehr lange.

Das ist alles schon hundert Jahre her, dass der Neunfingerheinz den ganzen Vorort noch in Angst, und Schrecken versetzen konnte. Den Egon, haben sie in einer illegalen Spielhölle tot aufgefunden, mit einer schwarzen Billardkugel am Kopf, und gezinkten Karten in der Hand, sagten die von der Kripo zu Tante Irma. Den Mörder haben sie nie gefunden. Der Hauptverdächtige, der Neunfingerheinz, war zu diesem Zeitpunkt mal wieder im betreuten Wohnen, bei geschlossener Gesellschaft. Den konnte man ausschließen, weil er eingeschlossen war. Es handelte sich demzufolge eindeutig um Selbstmord.

Er ist dumm gefallen, der Egon, in einen Revolverlauf. Das hätte wirklich jedem passieren können, in dem verqualmten Kabuff. Da sah man die Hand doch vor Augen nicht. Tante Irma musste deswegen auf eine beträchtliche Summe verzichten. Das alles wegen der Staatssicherheit. Die Lebensversicherung hat man ihr nicht ausgezahlt, das machen die nie in solchem Fall, und ist denen am liebsten. Sowas ist wieder mal ein klassisches Beispiel von Versicherungsbetrug, meinte Mutter, was uns somit beweist, dass die Versicherungsheinis alle Gauner sind. Ausnahmslos.

Eine Zunft für sich ist das. Mutter konnte sie schon meilenweit gegen den Wind riechen. Der Hund auch. An seinem Bellen konnte sie schon hören, wer stört. Dazu brauchte sie nicht mal vor die Haustür zu gehen. Bei Vertretern und dem Scherenschleifer, bellt er anders als bei den Zeugen Jehovas, und wenn die Dietrich was will, dann wieder anders.

Das Thema Versicherung ist auf jeden Fall sehr heikel. Jahrzehnte hatte der Egon einbezahlt, und dann das, . . es müssen immer die verkehrten sterben. Der Heinz, der Knochen lebt immer noch.

Im Pflegeheim, unter der Knute von Schwester Jolante. Da ist er nach seinem Schlaganfall hingekommen. Er soll nur noch acht Finger haben, das wusste mein Neffe, der dort seit April Zivi war, und ihn jeden Tag waschen musste. Der Daumen links fehlte nun auch noch. Das war angeblich der Mulatteneddy, der ihm den abhackte, wegen Spielschulden. Alles Wunschdenken, sagte mein Neffe, der diese Räuberpistolen, schon nicht mehr hören konnte. Das waren gefährliche Zeiten, an die sich Tante Irma, bei jedem Familientreffen erinnerte. Heute ist der Achtfingerheinz, ohne den Gehbock aufgeschmissen. Jeder bekommt eben seine gerechte Strafe. Er hat doch die Schuld an Allem.

Auch daran, dass die Irma seitdem ihre Witwenrente versäuft. Für wen sollte sie denn auch sparen? Der Egon war tot. Ihre anderen beiden Dackel auch. Sie stirbt ja selbst in Kürze. Seit zwanzig Jahren erlebt sie ihr letztes Weihnachten. Ins Neue Jahr kommt sie nicht mit. Darauf trinkt sie dann ein Gläschen mit Mutter, doch bei ihr ist das etwas anders. Sie trinkt genau soviel wie Doktor Berger ihr verschrieben hat. Nicht mehr, aber auch nicht weniger. Ein Gläschen Sekt am Tag für den Blutdruck, das ist Pflicht, nur wenn er mal ganz unten ist, dann dürfen es ein paar Schlückchen mehr sein, damit er wieder hoch geht, sonst kippt sie um. Wenn er dann allerdings zu hoch ist, auch. Wie man es macht, ist es verkehrt, sagt Mutter immer.

Ich versuchte nochmal bei ihr anzurufen, aber sie nahm nicht ab.

Die zweite Nachricht, war von Christa, einer Freundin von Mutter, die in aber in Wirklichkeit keine war. Sie konnte sie selbst nicht ausstehen, bekam sie aber nicht los.

Ich wollte nur mal hören wie es so geht, meinte sie süßsauer.

Ich sollte doch mal zurückrufen. Das überging ich. Ich mochte sie nicht. Sie war mir zu neugierig, zu missgünstig, und wollte mich mit ihrem Sohn verkuppeln. Sie neidete Mutter alles. Sogar die Kur. Sie selbst träumt schon seit Jahren von einem Kurschatten. Letztes Jahr hat der Arzt ihr einen auf Rezept gegeben, einen Aufenthalt im Allgäu. Dort lernte sie tatsächlich auch jemanden kennen. Einen alten Zossen der inkontinent war, und nur eine Krankenschwester suchte. Die Christa konnte von Glück reden, dass er auf der Heimfahrt, im Bus verstorben ist. Erstickt. Am Erbrochenen.

Russische Eier liegen aber auch schwer im Magen, hatte Mutter gleich gesagt. Sie isst schon seit Jahren keine mehr. Seit ihrer Gallenblasenoperation.

Der Christa blieb so einiges erspart. Ums Haar wäre der Kurschaden bei ihr eingezogen. In ihrem Alter. Dafür hatte Mutter überhaupt kein Verständnis. Zumal die Christa doch gar nicht alleine war, sie hat doch den Benno, und das schon seit mehr als fünfundfünfzig Jahren. Der Benno, war nicht nur eine Miss, sondern auch eine Hausgeburt. Darum hing er so an dem Haus, das er jedes Jahr verputzte, genau so gerne wie seine Schlacht-platten, von Hammel. Da lernte er Metzger vor x Jahren. Er kam recht unkompliziert zur Welt. In der Stube, in der er immer noch hockt.

Die Christa will ihn schon lange los haben. Er sollte nun endlich ausziehen, und nicht länger an ihrem Rock-zipfel hängen.

Idealerweise an meinem. Sie hielt schon ewig Aus-schau, nach einer Frau für ihn.

Diese Blinde, muss erst noch geboren werden, die den nimmt, äußerte Mutter unter uns. Vor der Christa na-türlich nicht. Die kann doch keine Wahrheit vertragen. Nein, dass die Christa in ihrem Alter noch einen Mann suchte, das konnte sie nicht verstehen. Sie würde jeden-falls keinen mehr nehmen, obwohl sie in der Kur durch-aus ihre Chancen hatte. Das konnte Frau Winter, aus Bielefeld bestätigen, wenn es drauf ankäme. Am Telefon.

Herr Brause, stellte Mutter hartnäckig nach. Drei Wochen lang. Sonntags im Frühgottesdienst, an dem sie notgedrungen, wegen dem Rose teilnahm, ist sie ihm gleichaufgefallen. Um sich Mut anzutrinken, leerte er den Messkelch auf Ex. Von diesem Tag an, wartete er jeden Morgen, wenn sie sich mit Frau Winter im Schwimmbad traf, schon am Beckenrand. Tollkühn ist er Mutter, die immerhin noch die Puste für zwei Bahnen hatte, hinterher gekrault, auf seiner Luftmatratze. An einem Freitag war es, da hat sie ihn zum letzten mal ge-sehen. Sie dachte er sei abgefahren, und fragte sonntags den Pfarrer.

Nein, abgefahren ist er nicht, aber aufgefahren, meinte dieser scheinheilig, in den Himmel.

Der Bademeister fand Fritz Brause am Samstag, bei seinem Rundgang, im Waschraum. Die Brause lief noch. Er war ganz blau im Gesicht, und hatte seine grüne Badekappe auf. Er war tot.

Wasser in der Lunge. Wahrscheinlich Chlorwasser.

Die dritte, und letzte Nachricht war von Klara. Sie war schon total überfordert mit den Kindern, und die Babsi war noch nicht mal in England. Die Kinder konnten sich überhaupt nicht benehmen, und tobten im Mama Mia herum. Diese Italiener freuten sich auch noch. Da hatten die Kinder Narrenfreiheit. Die kleinen italienischen Kröten waren ja genauso ungezogen, und bekamen dafür noch Kinderpizza und Spaghetti Eis. Die reinste Affenliebe war das.

Ganz ungesund.

Es war tüchtig was los im Mama Mia. Im Hintergrund war es laut. Einer trainierte Angelo Branduardi, das musste aber ein blutiger Anfänger gewesen sein.

Der Corello war auch da. In Zivil. Klara hätte ihn fast nicht erkannt ohne seinen Hausmeister Blaumann. Er trug einen Fünftagebart, und zwei schwarze Sonnenbrillen. Eine auf der Nase, die andere in den Locken. Mit einer Zigarre, saß er auf einem Barhocker wie ein Fragezeichen. Direkt neben dem Rauchverbotschild, und der Registrierkasse, die er nicht aus den Augen ließ. Wahrscheinlich wollte er den Gästen weiß machen, ein Schutzgelderpresser zu sein. Alle sollten wohl denken, er kontrolliere das Mama Mia, oder er sei mindestens stiller Teilhaber, und habe den Löwenanteil beim Pokern mit dem Giovanni gewonnen. Das konnte man sich aussuchen. Der Corello bediente nicht nur sich selbst, sondern auch das Telefon. Offenbar erwartete er einen Anruf, bestimmt vom Paten, mit neuen Instruktionen. Er notierte sich alles, was am anderen Ende der Leitung gesagt wurde, und nickte. Pronto... Si, si,

Dann ging er ganz langsam in Richtung Küche, und baute sich im Türrahmen auf. Die Arme standen weit vom Körper ab, so wie beim Michelinmännchen, oder als hätte er Rasierklingen unter den Achseln. Alle Augen waren auf ihn gerichtet, als er tief Luft holte, und blökte, zweimal Penne Mozarella zu mitnehmen, aber subito, wenn ich bitten darf, und klatschte noch zweimal schallend in die Hände. Das war das Zeichen. Endlich konnten alle wieder aufatmen, und weiter essen. Nur die Kinder nicht. Die mussten nicht fertig essen. Wenn es ihnen nicht schmeckte, dann kriegen sie eben was anderes. Vielleicht wollten sie auch gar nicht still sitzen. sondern lieber um die Tische rennen? Auch in Ordnung. Falls es ihnen trotzdem zu langweilig ist bitte schön, da gibt es doch, den Karaoke Apparat. Wer will denn schon gedämpfte, klassische Musik bei Pizza Calzone hören?

Klara kam sich völlig fehl am Platz vor. Das nächste Mal würde sie ins Tre Stelle gehen. Da hatte der Corello, seit letzten Freitag Lokalverbot. Das wusste Klara aus erster Reihe. Die vom Roten Ochsen, war zufällig dabei, als er ein Messer zog. Er hatte Pizza Proscuto, sehr kross bestellt. Die Messer im Tre Stelle taugen nichts, sagte die Chefin vom Ochsen, die immer über Kollegen lästerte, doch Klara verließ sich nie auf Hörensagen. Sie bildete sich ihre eigene Meinung.

Die Babsi, und die Kinder waren begeistert vom Mama Mia. Zu der Familienpizza, gab es noch Eis, und für die Babsi Anweisungen. Sie sollte so schnell wie möglich wieder zurück kommen, von diesen Engländern. Sie würde das schon schaffen, mit etwas Hilfe... .

alles war möglich, über ein Zimmermädchen. Die verdienen nicht viel, und waren zu allem bereit. Da konnte man schon mal auf das Bett des Nachbarn linsen. Für ein paar Cent mehr, vielleicht sogar einen Ersatzschlüssel kriegen. Das war viel Geld, auf jeden Fall im Kongo, von dort kamen die meisten dieser Mädchen. Unter Vortäuschung falscher Tatsachen werden sie da weggelockt. Man verspricht ihnen einen sauberen Europäer, dabei müssen sie dreckige Bettwäsche abziehen. Die Welt war schlecht.

Ich schätzte Klara würde dringend wieder einen Rundumblick brauchen. In dieser Verfassung konnte sie den Theo jederzeit anrufen. Die Uhrzeit spielt keine Rolle. Nicht bei ihr. Sie war doch Stammkundin. Dieses Wort schon allein, versetzt mich in schlechte Laune. Stammkundschaft. Das ist mein Reizthema.

Ich finde Stammkunden schrecklich, und möchte keine mehr haben, und schon gar keiner sein. Nirgends. Aus eigener Erfahrung weiß ich, dass Stammkunden in Wirklichkeit überhaupt keine Privilegien haben, und gar nicht so gerne gesehen sind, wie sie glauben. Genau das Gegenteil ist der Fall. Und warum? Weil sie nerven. Sie haben dich mit gekauft, das denken sie zumindest.

Jeder fremde Kunde ist beliebter. Man ist ehrlicher nett. Er könnte ja mal wiederkommen. Der Stammkunde kommt sowieso wieder, denn ohne ihn, und seine guten Ratschläge, gäbe es den Laden längst nicht mehr, schließlich zahlt er die Monatsmiete, und muss sofort, und zwar bedient werden. Alle anderen Eintagsfliegen können schön warten. Gerade in der heutigen Zeit, da kann man sich als guter Kunde so einiges erlauben. Die sollen doch froh und dankbar sein, und bloß nicht vergessen den roten Teppich zu saugen, nach dem Ausrollen, diese kleinen Laden, und Restaurantbesitzer. Ohne sie, die Stammgäste wären sie schon längst Pleite. Das musste ihnen nur mal einer klar machen. Wer bezahlt denn am Ende alles, hä? Wenn das erst mal verstanden wurde, verinnerlicht, und man einen ordentlichen Bückling macht, dann kann man überleben. So sieht das aus. Je kleiner das Geschäft, um so größer der Druck.

Ich hatte früher, einen kleinen Laden, in dem ich erster Klasse Mode, aus zweiter Hand verkaufte, und war auf Stammkundschaft angewiesen. Ein Einmannbetrieb. Ich war der Apparat, der täglich frisch geputzt, funktionieren musste. Schlechte Tage, oder auch die Tage, waren unverzeihlich. Johanna, begegnet mir noch heute in manchem Traum. Sie war mit verantwortlich für meine schwere Gastritis, das schien sie auch zu wissen, und brachte mir Globuli, und Schüsslersalze mit. Genauso gut hätte ich Veilchenpastillen lutschen können, die hätten den gleichen Effekt gehabt. Sie aber schwor Stein und Bein auf diese Dinger. Sie war Heilpraktikerin.

Eine von der Sorte, die von der Homöopathie keine Ahnung hatte. Immer fünf Minuten vor halb sieben, kam sie, ganz konsequent kurz vor Feierabend, und nahm sich fünfzehn Teile mit in die Kabine. Gepasst hat nie was. Davon, von ihren Tatoos, und dem Intimpiercing, konnte ich mich selbst in der Umkleide überzeugen.

Ich hatte zu der Zeit bereits ein Magengeschwür, und als wir zusammen platzten, schmiss ich sie im hohen Bogen raus. Die Werbung, die sie hinterher für mich machte, war negativ für mein Geschäft. Sie erzählte in ihrer Praxis ich sei nervenkrank, und habe eine Persönlichkeitsstörung. Solche Sachen lieben die Leute. Die Kundinnen, wollten sich selbst davon überzeugen, wie durchgeknallt ich wirklich war. Dazu hatten sie auch jede Menge Gelegenheit. Ich war nämlich schon mittendrin in der Misere. Ich hatte zu viele Baustellen, wurde verfolgt, und gejagt. Und das nicht nur von Kundinnen. Ich traute mich oft nicht in meine Wohnung, und habe zeitweise in Pensionen übernachtet. Ich befand mich im totalen Ausnahmezustand. Mein Hausarzt entschied, weil ich gar nicht mehr in der Lage dazu war, dass ich schnellstens was verändern musste. Neuanfang. Am besten weit weg.

Das war die Quintessenz aus langen Gesprächen. Seit dem habe ich mich sehr verändert. Ich lebe zurückgezogen, gehe nie aus, und ganz ungern einkaufen. Ich vermeide es so gut wie möglich.

Klara dagegen liebte es. Sie war das eklatante Beispiel einer Stammkundin. Es war nicht leicht, sie zufrieden zustellen. Nur das beste der Geschäfte konnte dienen, und natürlich alle, die dort beschäftigt waren.

Endlich wohnte sie genau über einer Einkaufspassage, oben in ihrem Penthouse. Der Fahrstuhl, brachte sie hinunter ins Paradies. So etwas nannte sie Luxus, nicht auf Bus und Bahn angewiesen zu sein. Taxi ist sie nie gerne gefahren, die Fahrer waren ein Kapitel für sich. Für Klara waren sie alle halbseiden, und fuhren wie die Henker. Alles verkrachte Existenzen. Diese Sorge hatte sie nicht mehr. In ihrer Galeria, wie Klara es nannte, seit Mailand, war alles was sie zum Leben brauchte. Der Frisör, und ihr Kosmetikstudio, ein Reformhaus, drei kleine Boutiquen, eine Apotheke, zwei Schuhgeschäfte, der Zeitungsladen, und ein Ableger der Friedhofsgärtnerei. Alles sehr elitär. Abends wurde abgeschlossen. Das war die Aufgabe von Corello. Bei seinem Abendrundgang, inspizierte er jeden Winkel, ob keiner irgendwo herum lag, oder in die Ecken pinkelte. Er sicherte beide Eingänge, und den Notausgang, schaltete die Nachtbeleuchtung ein, und stellte dann meistens zwei Gummibäume hinter die Glastüren, zur Dekoration. Eine Leihgabe von Blumen Schröter war das, und immer anders saisonal bedingt. In der Adventszeit waren es zwei, vier Meter hohe Tannenbäume mit viel Lametta. Aber Falsche, die waren nicht so schwer. Die Echten konnte der Corello doch gar nicht ziehen. Zum Schluss schaltete er noch die Kamera ein, und machte die Alarmanlage scharf, für den Nachtwächter.

Unter der Woche, hatte Herr Wacholtke Dienst, der schloß auch morgens wieder pünktlich auf, obwohl das nicht zu seinem Aufgabenbereich gehörte. Dafür wurde der Corello bezahlt, der den Wacholtke aber erpresste, damit er ausschlafen konnte.

Klara fühlte sich dort sehr wohl und sicher. Sie konnte sogar mitten in der Nacht einen Schaufensterbummel machen, mit ihren Lockenwicklern, wenn sie wollte.

Eines nachts summte mein Handy um null Uhr zehn, mit der Nachricht, LateNite Shopping. Offenbar hatte Klara eine neue Vokabel aus dem Fernsehen übernommen, und wollte sie gleich an den Mann bringen. Dieses Wort sollte nun ein fester Bestandteil ihres Sprachschatzes, und so oft wie möglich eingesetzt werden.

Das war bei motherfucker genauso, Das englische Wort für Ralf.

Ich griff zur Brille, um mir das Foto richtig anzusehen. Darauf war Klara, die sich einen Kleiderbügel an dem ein Paillettenfummel hing vor den Bauch hielt, neben einer mageren Frau, die ich nicht kannte. Das war Frau Weber, erfuhr ich später, die Besitzerin eines Modeladens die ihr Schaufenster umdekorieren wollte, nach Ladenschluss. Das war ihr Pech. Nicht schlecht gestaunt haben soll sie, als Klara vor dem Schaufenster stand in ihren Hausschuhen, und dem Bademantel. Sie war an Abendgarderobe interessiert, obwohl sie gar keine brauchte. Es war einfach diese besondere Stimmung, so privat.

Frau Weber hatte alle Zeit der Welt, und musste nicht jeden dahergelaufenen Kunden bedienen. Man konnte ganz ungestört stöbern, bei Kaffee schwarz mit Zucker, den hatte Frau Weber sich in einer Thermoskanne mitgebracht. Plötzlich wollte sie keinen mehr, sie hatte Magenschmerzen. Klara hat ihn dann getrunken, sie konnte alles vertragen, und immer schlafen, sogar nach dem stärksten Espresso.

In den kommenden Nächten wurde ich von Albträumen heimgesucht. Fantasie und Erlebtes mischten sich. Johanna verfolgte mich, von der Nordsee bis nach Bayern, und Frau Weber hatte sich, in ihrer Umkleidekabine, aufgehängt. An einer schwarzen Netzstrumpfhose.
Solche Dinge können mich um Jahre zurückwerfen.

Die kommenden Tage wollte ich ganz in Ruhe im Garten verbringen, und nur im Ausnahmefall ans Telefon gehen. Ich schaltete die box ein. Wenn etwas für wichtig hielt, konnte ich zurückrufen.
Meine Erfahrung hat mir gezeigt, dass grundsätzlich jeder Anruf wichtig war, aber nur für den, der anrief. Für den Angerufenen meistens nicht. Überhaupt nicht.
Mein Therapeut und ich, wir hatte in der letzten Sitzung das Thema Abgrenzung besprochen. Dazu gehörte auch mal das Telefon zu ignorieren, und nicht ständig Nachrichten zu lesen, und kontrollieren, die meist nur aus dummen Bildchen, oder sinnfreien Kettenbriefen bestanden. Das Telefon einfach mal weglegen. Ich denke so fängt man damit an. Vielleicht sollte ich wieder mal ins Schweigen gehen, in ein Kloster. Vor ein paar Jahren, ich hatte noch keinen Hund, war ich im Appenzellerland, in einem buddhistischen Waldkloster. Zum Schweigen. Die Stille war ganz wunderbar, wie die Natur.
Klara konnten das überhaupt nicht verstehen, und machte Mutter verrückt, die sich dann zusammen mit ihr, und einer Sektenbeauftragten, an die Polizei wandte.

Schweigen konnte in meinem Umfeld keiner so richtig verstehen.

Den Mund halten kannst du auch zu Hause, meinte Mutter, ich rede dann eben für zwei. Hauptsache du hörst zu.

Doch genau darum geht es, der Geist soll nicht abgelenkt werden, schon gar nicht von Menschen, die den Dialog problemlos alleine führen könnten. Völlig wehrlos, den Worten ausgeliefert, hätte ich ohne zu widersprechen, automatisch zu allem ja, und Amen gesagt. Eine ganz schreckliche Vorstellung.

Ich musste sehr schnell feststellen, dass schweigen, in Zeiten wie diesen nicht möglich war. Ich war gezwungen zu reagieren, auf Klara, die wie vergiftet versuchte, mich zu erreichen.

Die Erste Nachricht. Wo bist Du? Ruf mich an. Dringend, es geht um die Babsi ...

Die Zweite, lauter.

Die Babsi sitzt am Flughafen in England, und wartet auf einen Rückflug. Sie muss so schnell wie möglich dort verschwinden. Es hat Probleme gegeben.... .

Die Dritte. Was heißt Sauerei auf englisch?

Viertens. Die Hoteldirektion hat die Polizei eingeschaltet. Und fünf.

Die sind aber auch intolerant, diese Engländer, einen Stock im Hintern haben die, das kann ich dir sagen. Melde dich so schnell wie möglich...

Die sechste Info kam von Mutter.

Ich bin es. Wenn du am Sonntag kommst;dann bring mir doch meine Perlenkette mit. Die aus der Südsee aber, und nicht den Bindfaden, den ich von dir zu Weihnachten bekommen habe, du weißt schon, ... ach so, ein paar neue Hausschuhe brauche ich auch. Größe vierzig, wie immer.

Siebtens kündigte Tante Irma an, Überraschung, ... ich komme dich besuchen. Dann seid ihr nicht so alleine.

Die Achte, war wieder von Mutter.

Vielleicht bekommst du ja welche mit Marabufedern oben drauf. Nur keine Boa, wegen der Allergie, und bloß kein rosa, lachs wäre mir am liebsten, ... aber hummer geht auch. Du brauchst deswegen nicht in der Stadt herumzurennen, Kind, im Computer kriegt man doch alles heute, . . nimm aber Größe einundvierzig, ich habe Wasser in den Beinen. Vom vielen schwimmen.

Neun, wieder Klara

Die Babsi fliegt erst morgen früh, die Fluggesellschaft nimmt sie in diesem Zustand nicht mit. Sie ist nicht transportfähig, weil sie Blut spuckt. Das kommt bestimmt von der Flasche Campari ...

Ich weiss nicht mehr was ich machen soll, die Kinder sind außer Rand und Band. Ich bin fix und fertig, und die Babsi erst, die hat sich auf einem Klo eingeschlossen... . Wofür hast du denn eigentlich das Ding, wenn du nicht dran gehst? Ist doch unmöglich so was...

Ich suchte meine Zigaretten, und drückte auf Espresso.

Zuerst musste ich meine Tante anrufen. Besuch von ihr, war das Letzte was ich jetzt gebrauchen konnte.

Ich musste lange läuten lassen, weil sie die Station wieder nicht fand, Nach fünfzehn Freizeichen ging sie endlich an den Apparat, und ich merkte sofort, was los war. Sie war bereits in Phase drei, und redete ununterbrochen, trank sich weiter zu Phase vier, dann heulte sie bis Ende von Phase fünf, schimpfte über den Egon und die Regierung, danach wurde es ruhig, weil sie einschlief, das war die Schlafphase, sechs. Die konnte dauern. Beruhigt legte ich auf. Sie würde nirgendwo mehr hinfahren das stand fest. Ich rief meine Cousine im Büro an, die nach der Arbeit nach ihr sehen sollte.

Ich versuchte es erneut, bei der Babsi, aber der gewünschte Gesprächspartner war vorübergehend nicht zu erreichen. Ich wählte Klara an. Natürlich war besetzt.

Nach zwei Minuten rief sie mich zurück, während Frau Sibilla, in ihrer Warteschleife hing. Das war nicht weiter tragisch, denn Frau Sibilla, die sich enorm konzentrieren musste, merkte es gar nicht. Sie war eine moderne Hexe, mit ganz alter Seele, und arbeitete mit einem Pflanzenorakel. Seit dem Bananenkrieg, auch mit Gemüse. Schon seit mehr als siebenhundert Jahren, stand sie im Dienst der Rettung, und bewahrte etliche vor dem Galgen. Das mit der Babsi bekommt sie locker wieder hin, das macht sie nebenbei, mit dem rechten Arm nach oben gebunden, meinte Klara, also mit links.

Die Babsi ist ein Apfelbaum, das ist heraus gekommen bei der ganzen Orakelei. Im Grunde sind die bodenständig, und einfach gestrickt, doch tendenziell gefährdet was Obstler anbelangt. Von daher ist die Babsi nicht ganz zuverlässig, besonders dann nicht, wenn sie auf ein

Weintraube trifft. Davon gibt es unzählig viele, speziell in Südeuropa. Mal angenommen, dass die Babsi irgendwelche Franzosen aus Bordeaux treffen sollte, dann konnte Frau Sibilla für nichts garantieren. Sie orakelte noch lange weiter, bis Klara ganz genau wusste, wer was war, und wie er tickte.

Ganz schön kompliziert und zeitintensiv, aber Frau Sibilla hatte alle Zeit der Welt, wenn Klara nur das Geld hatte.

Sicherheitshalber, hat sie gleich ihren ganzen Bekanntenkreis durchorakeln lassen. Was das alles der Babsi, in ihrer Situation helfen sollte, war mir nicht klar.

Typisch Kaktus, sagte Klara dazu schnippisch, daher hast du auch deine stachelige Aura, das wundert mich nun wirklich nicht mehr.

Aha. Ein Kaktus also, das war klar, so etwas musste ja kommen. Ich war nicht mal überrascht, dass ich kein ganz gewöhnlicher Kaktus war, so ein kleiner runder mit weichem Stachelflaum und einem gelben Blümchen obendrauf. Einer von der Sorte, die immer bei Aldi an der Kasse stehen. Nein, das war ich nicht. Das war die Elfi. Nicht Fisch nicht Fleisch. Nicht Kaktus, nicht Kugelfisch. Eben eine, die sich nicht entscheiden konnte. So war die Elfi.

Ich dagegen war ein selten seltsames Exemplar. Normalerweise nur in Mexiko zu finden, in den Anden. Weit ab vom Schuss, wo kein Mensch hin kam. Das war auch besser so, wegen der Gefahr einer Verletzung. Die langen Stacheln, die Ecken, und Kanten, um die sollte man lieber einen großen Bogen machen. Daneben wächst rein gar nichts. Die verstehen sich nur mit der Tulpe. Mit der Kirschblüte auch, weil sie zwei verschiedene Sprachen sprechen. Kirschblüten waren meistens Chinesen. Ich kannte nur den kleinen Mann vom Wok Imbiss, aber auch nur flüchtig, und der konnte genauso gut eine Wasserlilie sein. Die gab es in Massen.

Die Tulpen dagegen, die konnte man zählen. Die gab es fast gar nicht, so feinstofflich waren die, und nicht von dieser Welt. Klara war so eine Seltenheit, das war klar. Genau wie der Theo, nur war der rot. Klara war gelb. Ist das nicht verrückt? Ihre Lieblingsfarbe war auch gelb, und ihr Heilstein. Ihre Aura auch, wenn man mal von den schwarzen Löchern absah. Dafür konnte sie sich bei dem Ralf bedanken, diesem Rohrkolbengewächs. Typha Latifolia.

Auch noch breitblättrig, die treiben es in allen Windrichtungen. Sollte er doch bei seiner Fetten Henne bleiben, und Klara schön gestohlen.

Frau Sibilla erwähnte, dass diese Rohrkolbengewächse an jeder Straßenecke zu finden waren, so wie die Sumpfgräser auch. Erst recht der Bambus. Wie die Fahne im Wind, und flatterhaft. Klara konnte noch viel lernen von Frau Sibilla. Sie wollte sich unbedingt weiterbilden auf diesem weiten Feld, da fand nämlich der Kurs statt. Ordinäre Feldgräser. Die kommen doch am häufigsten vor.

Das waren alles Männer, und fast immer mit Klatschmohnfrauen zusammen.

Dieses Seminar brachte unheimlich viel. Vor allem Frau Sibilla, die dafür fünfhundert Euro kassierte. Eins ist klar, zog Klara ihre Schlüsse, nach meinem heutigen

Wissensstand, kommt für den Kaktus, in puncto Mann nur die Eiche in Frage. Vorzugsweise die Deutsche. Die sind schmerzfrei, egal wer sich daran kratzt, ist ja bekannt. Ganz ehrlich.

Ich wollte nichts mehr hören von Klara. Für diesen Tag hatte ich genug. Ich sorgte mich um die Babsi, und wählte ihre Nummer. Ihr Band war dran mit der immer gleichen Ansage.

Guten Tag, hier spricht Barbora Müllor, bitte hinterlassen sie eine Nachricht. Das tat ich auch. Ich mochte die Babsi, sie war eine nette junge Frau, die es nicht leicht hatte. Vielleicht nahm sie deswegen früher Dröögen. Aber das war vorbei.

Mir war alles zu viel. Ich musste mich ein wenig entspannen. Das konnte ich am besten bei der Arbeit, oder in der Badewanne. Ich entschied mich für ein Bad. Als ich die Tür zum Badzimmer öffnete, bemerkte ich sofort, dass der Fußboden ganz nass war. Die Geruchsprobe hat Heini eindeutig entlastet. Es war Wasser.

Und zwar braunes, das von der Decke herunter tropfte. Das fehlte mir auch noch.

Ich lief über die Strasse, hinüber zu Herrn Bauer und läutete. Er war nicht zu Hause. Ich versuchte es mehrmals mit klopfen, sowie ihn anzurufen. Er nahm nicht ab, bis mir einfiel, dass er bei unterdrückter Nummer nicht abnehmen durfte. Das hatte Mutter ihm abgewöhnt. Nur Betrüger und welche die was zu verbergen haben, rufen so an, und versuchen an Daten zu kommen. Sie verursachen dadurch hohe Kosten. Wenn du abnimmst, hat sie dem armen Josef erklärt, ist es genauso, als hättest du einen Vertrag unterschrieben, und die buchen automatisch jeden ersten ab, weil dann die Rente drauf ist. Das muss sich mal einer vorstellen.

Ich warf noch einen zweiten Blick in mein Badezimmer. Der Eimer, den ich unter das Leck gestellt hatte, war schon halb voll. Herr Bauer, der endlich abnahm, gab mir den heißen Tipp eine Wanne drunter zustellen, da geht doch mehr rein.

Sehr clever. Aber ich war selbst schuld. Warum rief ich auch beim Brezel an, wenn ich den Bäcker sprechen wollte?

Ich suchte mir die Nummer von der Firma Rohr, dem Installateur, aus dem Adressbuch heraus. Der hat keine Zeit vor August, sagte lapidar seine Frau, die gleichzeitig auch sein Sekretariat war. Bis dahin konnte ich nun wirklich nicht warten. Es musste schleunigst repariert werden, solange Mutter noch in ihrer Reha war. Als Frau Rohr begriff, dass Mutter nicht zu Hause war, hatte ihr Mann, und der Geselle nun doch Zeit. Sie könnte mich gleich einschieben, meinte sie schnell, bei so einem Notfall, ist doch wohl selbstverständlich. Sie kommen also sofort, das haben sie doch damals auch getan. Ein Riesenschaden war das, daran erinnert sich der ganze Betrieb noch.

Fast fünf Stunden haben sie daran gearbeitet. Wäre Mutter nicht gewesen, hätte es womöglich noch länger gedauert. Sie hat den beiden geholfen, zumindest stand sie die ganze Zeit daneben wie ein Presser. Nur in der Halbzeit, ging sie kurz nach oben, um Kaffee zu

kochen, und Schuhe zu wechseln. Sie konnte nicht solange stehen, in den Pantoffeln, die hatten nämlich kein
Fußbett, was ganz schlecht für den Rücken war, wegen
der Bandscheibe, und den Vorfällen. Das Ganze dauerte
aber höchsten zehn Minuten, und sie war wieder da, mit
Gebäck, und ihren genialen Einfällen.

Das mit dem Wasserabstellen, war auch von ihr.

Herr Rohr kam tatsächlich prompt und hat sich al-
les genau angesehen. Morgen früh, so gegen halb acht,
beruhigte er mich, kommen wir, und klären das. Zwei
Rohre müssen ausgetauscht werden, sie bringen alles mit.
Ich brauchte mir also keine Sorgen mehr zu machen.
Das Baden verschob ich, und legte mich hin. Ich hatte
Schlafdefizit. Letzte Nacht um viertel nach eins wurde
ich aus den Träumen gerissen.

Mein Telefon klingelte mich wach. Eine Nummer war
nicht zu erkennen. Ich dachte sofort an Mutter, und dass
ihr etwas zu gestoßen sein könnte. Ich nahm ab.

Am anderen Ende weinte jemand. Eine Frauenstimme,
die ich zunächst nicht erkannte. Mutter war es glücklicherweise nicht. Es war Ute, mit der ich überhaupt
nicht gerechnet, und schon seit einem Jahr nicht mehr
gesprochen hatte. Ute. Die Tochter von Frau Kugler, aus
der Nachbarschaft.

Sie wohnt seit einigen Tagen wieder hier erzählte sie
mir. Sie war frisch getrennt. Es hat sich herausgestellt,
dass sie einem Hochstapler, und Heiratsschwindler, auf
den Leim gegangen war. Alles an, und um ihn, war Illusion. Er hat sich sozusagen selbst erfunden, und das
immer wieder neu. Neben Ute gab es nämlich noch vier
weitere Damen. Abwechselnd borgten sie ihm ihre

Autos, Ferienhäuser und Geld, kleideten ihn ein, und machten teure Geschenke. Angeblich kam er aus gutem Stall. Alter Adel.

Sogar ein Familienwappen konnte er vorweisen, zwei Buchstaben ineinander verschlungen, K und Z, was Karsten von Ziegelhausen bedeuten sollte.

Dieses Wappen hatte er, einer alte Familientradition zufolge, auf dem Oberarm tätowiert. Sein Vater, der Groß, und der Urgroßvater, hatten das auch schon, nur das von dem Karsten, war nicht echt. Das der Ahnen eventuell auch nicht, aber die waren schon zu tot. Das war von daher nicht mehr nachprüfbar.

Alles das, entdeckte Ute erst auf Capri. Am Pool fiel ihr auf, dass das Wappen, ganz anders aussah als sonst. Das Z hatte sich verschoben, und sah wie ein Hakenkreuz aus. Es gab natürlich Gerede im Hotel, und Gerüchte. Am Tag darauf war alles wieder in Ordnung, und das Z, wieder an Ort und Stelle, wo es hingehörte.

Sie schob es auf die Hitze. Es waren achtundzwanzig Grad, im Wasser. In Wirklichkeit, was sie erst später herausfand, lag es an der Firma Pappauf. Die waren dafür verantwortlich, von denen hatte er nämlich diese Abziehbilder. Angeblich bio, hautverträglich abbaubar, und vierzehn Tage bombenfest.

Von wegen vierzehn Tage. Ganz klar gelogen war das. Mit bio wird ja viel gemauschelt, das wusste doch inzwischen jedes Kind. Der Karsten ließ sich davon tausend Stück schicken, und nicht nur die, auch Herze und Pfeile, sowie das gesamte ABC, und alle anderen Satzzeichen. Die Rechnung und den Lieferschein, fand Ute beim Aufräumen in seinem Sekretär. Die waren nicht gerade billig diese Dinger, und nicht mal hitzebeständig. Eine Schande. Darüber sollten sich die Leute von Pappauf mal Gedanken machen. Zuerst wollte sie einen Beschwerdebrief an die Entwicklungsabteilung schicken, weil das Produkt offensichtlich nicht richtig getestet wurde, für den Extremfall. Wofür gibt es denn Höhensonne?

Das überlegte sie sich aber anders. Warum sollte sie denn diese Pappnasen schlau machen? Die unterstützen doch solche Schlawiner wie den Karsten noch, darüber sollte man sie mal aufklären, die Damen und Herren vom Management. Und was ihn betraf, mit ihm war sie fertig. Ihretwegen konnte er im nächsten Urlaub ruhig eine Abreibung kriegen, weil diese Teile verrutschten, und alle glauben er sei ein Nazi. Das würde ihm recht geschehen, dem Kurt Zuckermann, das war sein richtiger Name.

Der Adelstitel war auch gekauft. Für Geld konnte man von denen wohl alles haben. Hochgehen lassen sollte man die.

Vielleicht waren ja die Wappen der Vorfahren wenigstens echt, sagte Ute traurig, die tief im Innersten, immer noch an den alten Adel glaubten wollte. Müde, und aus dem Tiefschlaf gerissen, war ich gar nicht länger aufnahmefähig. Ich verstand nur noch Gelaber, Rhabarber, Palaver und Barbara, mit der sie ihn erwischt hatte.

Aus reiner Höflichkeit, fragte ich, ... wie erwischt? Inflagranti? Nein, in Brendisi, antwortete Ute.

Wir sollten besser morgen weiter reden, sagte ich noch, bevor ich auflegte, und versprach, mich zu melden.

Ich hatte ich vor noch ein wenig zu schlafen, das klappte aber nicht. Ich machte mir so meine Gedanken. Das Telefon würde ich abschaffen. Ich brauchte es doch gar nicht. Es war ein absoluter Zeitfresser. Wenn ich mir überlegte, wie viele Stunden am Tag, ich dieses Ding am Ohr, oder in den Händen hielt, um Nachrichten zu lesen, zu beantworten, mir Bilder von Leuten, die ich nicht einmal kannte, von Hunden, und deren Haufen anzusehen, kam ich auf unglaubliche Zahlen in Stunden. Das war meine Lebenszeit um die es hier ging. Ich fühlte mich beklaut.

Herr Sinn, hatte mir geraten, mir alles vom Hals zu schaffen, was nichts mit meinem unmittelbaren Leben zu tun hatte, und das, war eine ganze Menge. Zunächst stellte ich auf leise, das war ein Anfang. Ich legte das Telefon in eine Schublade, und mich selbst wieder hin. Mein Bett war schön warm, und tatsächlich schlief ich nochmal ein.

Geweckt wurde ich durch ein sehr unangenehmes Geräusch, das ich nicht gleich deuten konnte. Ein lautes Brummen, und Klopfen, so gegen halb acht. Ich stand auf, ging zum Schrank, öffnete die Schublade, die schon aus allen Schlitzen blinkte. Das Telefon sprang mir entgegen. Ich wusste bis dahin nicht, dass ein Handy lauter vibrieren als klingeln konnte, wenn es auf Holz trifft.

Es war Klara.

Ich drückte auf grün, und sie sagte wieder ungehalten, wofür hast du denn dieses Teil, wenn du nicht abnimmst? Es ist ungeheuer wichtig, oder glaubst du ich würde sonst anrufen, in aller Herrgottsfrühe?

Natürlich glaubte ich das, aber ich sagte nichts.

Es ist was Unglaubliches passiert. Gerade habe ich die Babsi von den Engländern gerettet, plapperte sie weiter, und jetzt ist sie schon wieder einem Nervenzusammenbruch nahe. Stell dir vor, heute morgen hat es bei ihr geklingelt. Vor der Tür stand ein Herr vom Gericht, der wollte ihren Ausweis sehen. Er wollte ihr etwas zustellen, persönlich, und sie sollte den Empfang bestätigen, und unterschreiben. Ganz unten.

Es handelte sich um eine einstweilige Verfügung, von dem Ralf, und seiner Frau. Darin steht, sie darf sich ihnen nicht mehr nähern, bis auf hundert Meter. Dem Hund auch nicht. Sie haben diesen Wisch bei Gericht erwirkt, weil sie behaupten, die Babsi würde sie verfolgen. Beweise gäbe es, Fotos, die er von ihr gemacht hat, und die Aussage einer der Rezeptionistin, aus dem Nite-Nite Hotel. Mit der hatte die Babsi zwar gesprochen, aber nichts kapiert.

Du hast ihr doch Englisch beigebracht, das verstehe ich nicht. Ich dachte du kannst das, . . wie, die sprechen kein Oxford? Die Ochsen sollen ja auch englisch reden... . Cockney? Was soll das denn schon wieder heißen? Können nicht mal ihre Landessprache? Aber im Urlaub saufen, das können sie... . und stell dir mal vor, das Zimmermädchen, hat die Babsi auch noch belastet, weil sie aussagte, sie wollte das Laptop stehlen. Was? ... natürlich nicht, ... so ein Schwachsinn, nachsehen wollte sie etwas, sonst gar nichts. Wie eine Diebin hat man sie hingestellt, nur weil sie über den Balkon geklettert ist. Das ist ja Rufmord, dagegen gehen wir an. Die sollen sich lieber mal um richtige Verbrechen kümmern, diese Bauern.

Auf jeden Fall hat die Babsi eine Vorladung bekommen, sie soll sich vor einem Richter erklären. Falls sie verhaftet wird, hole ich sie sofort raus, auf Kaution, und du nimmst die Kinder, und den Geier. Du hast doch Platz genug in dem Riesenhaus. Das habe ich ihr schon gesagt, da braucht sie sich keine Sorgen zu machen. In einer Woche ist sie wieder frei, spätestens. Falls mein Wagen immer noch bei dem Olaf stehen sollte, könntest du sie abholen, und gleich die Kinder mitbringen? Ich habe schon wieder alles durchorganisiert, wie du siehst. Aber nur, weil ich heute morgen Energie getankt habe. Bei dem Theo natürlich, was soll denn die Frage, ... von frischer Luft halte ich nichts, das weisst du doch, . . die Babsi war nicht zu beruhigen, sage ich dir, . . völlig durch den Wind war sie. Womöglich singt sie beim Kreuzverhör wie eine Lerche.

Das war doch bei dem Olaf genauso, der hat die Nerven verloren, und bekam dafür acht Monate. Ich brauchte acht Monatskarten für den Bus, wegen diesem Kleinkriminellen. Die Werkstatt wurde nämlich versiegelt, von der Kripo, und sie haben sämtliche Autos beschlagnahmt. Meins auch.

Die Papiere, hat dann ein Kommissar bei mir zu Hause persönlich abgeholt, dem hab ich erst mal einen starken Kaffee gekocht.

Er meinte der Brief sei gefälscht, und der Wagen, den mir der Olaf verkauft hat, gestohlen. Gut, dass ich damals mit einem Scheck bezahlt habe, einem Schüttelscheck.

Die von der Bank haben nur den Kopf geschüttelt, verstehst du? Aber geklaut hat den Wagen der Eugen, das ist der Bruder von dem Olaf. Auch so ein Tagedieb. Die haben doch gemeinsame Sache gemacht. Der Eugen musste sich daraufhin für ein paar Jahre setzten, hinter schwedische Gardinen, du weißt schon, ... das war aber lange bevor der Olaf diesen Hermaphoditen hier anschleppte. Wie dem auch sei, die Babsi will dich später anrufen. Rede ihr gut zu hörst du? Sie muss sich beruhigen. Es versteht keiner ein Wort von dem was sie sagt, besonders wenn sie aufgeregt ist. Ist doch furchtbar, oder nicht? Wahrscheinlich spricht sie genauso sächsisch englisch, fällt mir gerade ein. Ich nehme alles zurück, was ich über Oxford gesagt habe, ... die Schmitz-Forelle habe ich auch schon informiert, da haben wir einen Beratungstermin heute Nachmittag. Alle Hebel habe ich in Bewegung gesetzt. Woher ich nur die Kraft für das alles hernehme? Was sagst du? Natürlich gehe ich mit, das kann die Babsi alleine nicht. Sie würde nur wirres Zeug reden. Ich habe auch schon eine Strategie. Du kennst mich doch, ich treffe glasklare Entscheidungen.

Warum sollte die Babsi denn singen wie eine Lerche, und wessen Lied überhaupt ? Das sollte Klara mir mal aufschlüsseln...

Auf keinen Fall Namen nennen, das ist oberstes Gebot, wisperte sie, weil das Telefon mit Sicherheit angezapft war. Wir kennen uns nicht. Die Babsi kennt überhaupt keinen. Hat der Olaf auch so gemacht mit dem Eugen, so können sie keine Querverbindungen herstellen, klar?

Ich dachte das sind Brüder, der Olaf und der Eugen, oder hatte ich etwas falsch verstanden? Nein, hatte ich nicht. Es waren sogar Zwillinge. Aber von verschiedenen Vätern.

Noch dazu wurden sie als Kinder getrennt, und jetzt kommt es, ließ Klara die Bombe platzen, die haben sich noch nie im Leben gesehen. Da bist du sprachlos, was? Der Ralf kann sich schon mal warm anziehen, ich schwöre es dir. Ich bin total fertig, und stehe kurz vor einem Schlaganfall, regte sich Klara weiter künstlich auf. Der Ralf bringt mich noch ins Familiengrab. Das wäre das Schlimmste für mich, tot zu sein.

Das ist nicht ganz richtig, versuchte ich Klara zu beruhigen, denn für einen selber ist es gar nicht schlimm, wenn man tot ist, oder doof. Schlimm ist es immer nur für andere...

Ich kann deinen Gedanken wieder nicht folgen, fiel sie mir ins Wort, . . deine Mutter übrigens auch nicht, ich habe gestern mit ihr telefoniert. Wenn der Stress hier vorbei ist, besuche ich sie in der Reha. Das geht überhaupt nicht was die da machen mit ihr, ständig diese Hetzerei von einer Anwendung zur nächsten, und noch Sport. Sie will ja nicht an der Olympiade teilnehmen. Absolut unverantwortlich ist so etwas, und das in ihrem Alter. Du kümmerst dich ja nicht darum, deshalb werde ich das in die Hand nehmen müssen. Habe ich bei meiner Mutter doch auch getan. Sie wäre sonst total aufgeschmissen gewesen. Mit denen habe ich Klartext geredet, da wurde sie gleich entlassen. Ab und zu muss man auf den Tisch hauen. Auf diese Art habe ich schon Leben gerettet. Das kannst du aber nicht. Deine Mutter sagt du warst schon als Kind so bockig, aber das wissen wir ja. Manche Dinge ändern sich nie.

Komm mir jetzt bloß nicht wieder mit deinem, alles ist Veränderung Spruch, oder dem Alten Lama. Der sollte besser auch zu Hause bleiben in der Wallachei, wo er hingehört. In dem Alter muss man nicht mehr in der Weltgeschichte herumfliegen. So, ich muss mir schnell noch ein paar Notizen machen, für die Schmitz-Forelle, die bald gegen den Staatsanwalt antreten wird. Sobald ich was habe, funke ich durch.

Was Frau Schmitz-Forelle betraf, hatte ich so meine Zweifel, und die waren durchaus berechtigt. Bis zum heutigen Tag, hatte sie noch keinen Prozess gewonnen. Jedenfalls habe ich noch nie etwas von einem positiven Ausgang gehört. Noch nicht mal die Versicherungssache, mit der Firma Kabelsalat, war für Klara gut ausgegangen, sie wurde sogar dazu verdonnert, monatlich Schmerzensgeld an diesen Monteur zu bezahlen. Die Albaner kamen auch zu ihrem Recht damals, und der Klaus hat sich gesund gemacht, durch die Klage. Sein Anwalt, hat die Schmitz- Forelle ganz schön über den Tisch gezogen, und Klara richtig ab. Sie musste mit Sack und Pack, innerhalb einer Woche, aus der Wohnung raus.

Diese Sache mit Babsi war zu heikel, um es so einer Stümperin zu überlassen. Darüber musste ich mit Klara unbedingt reden. Ihre Leitung war aber schon wieder belegt. Ich sendete ihr eine kurze Nachricht, und ging in meine Werkstatt.

Das Wetter war unbeständig. Der Sommer war bald vorbei. In der Garage hatte ich es mir gemütlich eingerichtet. Warm war es auch, durch den kleinen Ofen, vor dem Elsa meistens lag. Hier konnte ich abschalten. Es wartete eine Jugendstil Vitrine auf mich. Ich zog den Kapuzenpulli über, stecke das Telefon in die Kängurutasche, und schon schon vibrierte es darin..

Klara. Sie hatte sich bei Theo eingewählt, aber es war besetzt. Er würde sie so bald wie möglich zurückrufen, sie war an fünfter Stelle. Es ging um dem Chakrenausgleich, für die Babsi, den hatte Klara bei ihm per sms bestellt, und auch schon bezahlt. Online.

Das musste schnellstens über die Bühne gehen. Die Babsi wusste schon nicht mehr wo hinten und vorne war. Ganz normal. Die sieben Chakren waren durcheinander geraten. Da steht man doch komplett neben sich, das hatte Klara schon am eigenen Leib erfahren. Oft genug.

Ich redete mit Engelszungen auf Klara ein, dass sie einen vernünftigen Anwalt nehmen musste. Ich erklärte ihr alle meine Bedenken, was Frau Schmitz-Forelle anging, und erinnerte an die Kinder von Babsi. Die Sache musste ernst genommen werden. Sie versprach darüber nachzudenken.

Der Theo, sollte gleich mal in die Energie reingehen, von der Schmitz-Forelle. Das war doch eine seiner leichtesten Übungen. Das geht bei ihm schneller als Haare waschen, spielte Klara es runter.

Na dann.

Ich arbeitete an meiner Vitrine weiter, kochte mir etwas indisches, beschäftigte mich mit den Hunden, und wollte früh schlafen gehen. Einem guten Tag, folgte hoffentlich, eine gute Nacht. Das Telefon deponierte ich im Bad, in der Trommel der Waschmaschine. Wer was zu sagen hatte, konnte es auf Band loswerden. Ich wollte nicht mehr immer parat sein. Ich hatte mir vorgenommen, am nächsten Morgen, zu einer Mühle, von der ich gehört hatte zu fahren, und mich nach alten Schränken oder Truhen umzusehen, die ich restaurieren konnte. Das war ein schöner Gedanke, mit dem schlief ich ein.

Als ich nach fast acht Stunden Schlaf, ausgeruht in die Küche kam, und aufs Knöpfchen drückte, hieß es, Sie haben drei Nachrichten..

Die erste war von Mutter, dann kam Ute und zuletzt Klara.

Mutter war ausser sich.

Dich kann man anrufen, wann man will, du bist nie zu erreichen. Ich bin völlig abgehetzt. Gerade komme ich von einer Tortur, dazu sagen die hier Therapie. Wieder bei Frau Krieger. Die massiert sowas von schlecht. Alles tut mir weh hinterher. Das ist doch nicht Sinn und Zweck der Übung!Ich habe mich schon bei dem Rose, beschwert, doch der hat zur Zeit andere Sorgen. Der dicke Herrn Knapp, ist gestern ums Haar ertrunken, im Solebad. Das war wirklich ganz knapp. Abgesoffen ist er, einfach so. Das ist doch sehr suspekt, oder? Fett schwimmt doch bekanntermaßen immer oben, so wie Fettaugen auf der Suppe, das weiß doch jedes Kind. Da stimmt was nicht. Gott weiß, was in den Schwimmflügeln drin war, Luft auf jeden Fall nicht. Meistens ist Zement drin, und kommt an die Füße. Jedenfalls ist das in Italien so... , der lange Bademeister, behauptet natürlich, der Knapp sei kurzatmig. Das ist aber nicht wahr. Der bläst doch in denen ihr Horn, oder meinst du vielleicht eine Krähe hackt der anderen ein Auge aus? Diese Operetten können die den alten Leuten hier erzählen, aber mir nicht. Alles weitere, erzähle dir ich am Sonntag, wenn du mich besuchen kommst. Ich freue mich schon, auf den Hund...

Ute, die ich vergessen hatte anzurufen, wollte sich nochmal bedanken, für das Gespräch in der Nacht. Sie braucht dringend einen Tapetenwechsel, und würde bald nach Bella Italia fliegen. Da pfeifen mir die Männer wenigstens noch hinterher, flötete sie. Das ist jetzt ungeheuer wichtig, für mein Selbstwertgefühl. Ich habe gar keins mehr. Wenn ich wieder da bin, melde ich mich bei dir. Ach so, gegen Pappauf, klage ich jetzt doch. Damit dürfen diese Verbrecher nicht so einfach durchkommen. Ciao, ciao. nochmal Ute …. und ich habe noch was, das könnte dir gefallen. Ich habe mich schon angemeldet, aber lass uns nächste Woche reden, gut? Mille baci.

Klara fasste sich kurz, und teilte mir mit, dass sie völlig kaputt und übermüdet, vom Vollmondritual mit der Tamara, gerade erst ins Bett gegangen war, mit Wadenwickeln, nachdem sie die halbe Nacht auf der Terasse gestanden, und den Mond angeheult hat. Sobald ich wieder wach bin, gähnte sie, funke ich durch.

Ok. Das wars dann. Mutter konnte ich später zurückrufen, sie hatte sicher Anwendungen, und war besser abends zu erreichen. Ich wollte zur Mühle. Ich packte die Hunde in meinen alten Bus, Wasser und Hundefutter. Bei Herrn Dietrich kaufte ich noch ein paar Zigarillos, der mir noch eine kleine Probe Cherryblossoms dazu packte, die aussahen wie Räucherstäbchen.

Das Navi sagte mir, dass ich etwa hundertsiebzig Kilometer vor mir hatte. Es regnete in Strömen, aber ich hatte neue Reifen, und keine Angst vor Wasser. Ich fuhr gemütlich los, hörte Ravel, und rauchte.

Als ich in dem kleinen Ort ankam, konnte ich die alte Mühle schon von der Ferne aus sehen. Ich fuhr auf den Hof, der nicht eingezäunt war, und hielt an. Beim öffnen der Tür, fand ich direkt unter mir eine große Pfütze vor.

Ich nahm meine Gummistiefel aus dem Fußraum der Beifahrerseite, und zog sie an. Der Boden war matschig. Ich wusste, dass ich die Hunde am Abend baden musste, ließ sie aber trotzdem heraus. Das große Eingangstor stand halb offen, aber ich klopfte an. Es kam keine Antwort. Ich klopfte erneut, und plötzlich sprang mich ein tollpatschiger, recht großer Hund, vor Freude an. Er war noch jung.

Ich ging hinein und rief, bekam aber wieder keine Antwort. Ich sah mich um. Als sich meine Augen an das Licht gewöhnt hatten sah ich alte Möbel, kaputte Holzbänke, Bilderrahmen, Spiegel, Krüge aus Steingut, ein altes Messingbett, eine Wiege mit ausgeblichener Bauernmalerei, und alte Lampen, die teilweise blind an den Balken baumelten. Ein Biedermeierschreibtisch, auf dem eine kleine Nachttischlampe brannte, stand neben der Wendeltreppe, die nach oben führte. Auf dem Tisch lag eine Brille neben dem Etui, lose beschriebene Blätter, und ein Aschenbecher in dem eine Pfeife lag. Sie war noch warm. Jemand musste vor kurzem noch hier gesessen haben. Ich stieg die Treppe hinauf, über eine Kiste mit altem Silberbesteck. Vom Fenster aus, konnte ich die Hunde, im Hof spielen sehen. Alle drei. Ein altes bemaltes Glas, das in ein Fenster gehörte, und ein kleiner Schminktisch, aus den zwanziger Jahren, fielen mir sofort ins Auge. Eine riesige Etagere aus schwarzem Ebenholz, englischer Herkunft, stand in der Mitte des staubigen Raums, daneben zwei alte Chesterfield Sessel mit grünem Leder bezogen, und das Sofa an dem die Knöpfe fehlten. Es gab noch ein Stockwerk nach oben, aber ich blieb am Geländer stehen, an dem ein Schild mit der Aufschrift Privat, an einer Kordel hing. Es war niemand zu sehen. Nichts rührte sich. Enttäuscht lief ich hinunter, hinaus in den Hof. Es waren nirgendwo Preise zu sehen, sonst hätte ich das Geld in einer Schublade lassen, und was ich mir ausgesucht hatte, mitnehmen können.

Ich ging nochmal hinein, nahm eine Karte, und schrieb eine kurze Notiz auf einen Zettel. Ich hinterließ meine Nummer, und bat um Rückruf. Hierher würde ich ganz sicher bald wiederkommen. Das wusste ich. Wir verabschiedeten uns von dem Hund, der uns noch eine Weile wedelnd hinterher sah.

Es fing schon an zu dämmern, als wir wieder zu Hause ankamen. Ich wollte noch eine Kleinigkeit essen, Mutter anrufen, und dann nichts wie ins Bett. Ich hatte Lust zu Lesen. Heini und Elsa würde ich morgen baden. Ganz bestimmt. Die waren beide müde, wie ein Hund. Gerade als ich zum gemütlichen Teil übergehen wollte, läutete es an der Haustür. Es war Ute, die sich fein herausgeputzt hatte, und nur auf einen Sprung vorbeischauen wollte, um sich doch noch schnell zu verabschieden, bevor sie die Tage nach Italien reiste. Ich hatte sie lange nicht mehr gesehen, aber sofort wiedererkannt, obwohl sie was verändert hatte. Sie war in Ungarn, und hat sich dort die Ohren anlegen lassen, die jetzt ganz stramm am Kopf klebten, und ein wenig an Enterprise erinnerten. Aller Naturgewalten zum Trotz hat sie sich auch ihre Ober-lider straffen lassen, oder abmontieren, denn die waren gar nicht mehr da, und ich fragte mich ob sie nachts noch ein Auge zu bekam. Sie war zum Essen verabredet, mit einem Unbekannten. Elf Jahre jünger. Den hatte ihr eine Agentur vermittelt. Ein ganz seriöses Unternehmen, mit einem Geschäftsführer, der es sich zur Aufgabe gemacht hat, für jeden Topf den passenden Deckel zu finden. Dafür musste im Vorfeld der aktuelle Marktwert ermittelt werden. Das Baujahr, wie viele Vorbesitzer, unfallfrei oder Totalschaden, wie viel gelaufen, hatte er was am Getriebe, oder nur an der Kopfdichtung, schleifte die Kupplung, vielleicht war es ja der Keilriemen, oder nur die Schraube locker. Guter Zustand? War der Lack schon ab?

Solange man nicht ganz durchgerostet war, gab es noch Hoffnung, und die Werkstatt, in Ungarn. Sie ließ mir ein paar Unterlagen da, bei Interesse...

Ich rief noch kurz bei Mutter an, um mich zu erkundigen wie es ihr geht. Sie klagte über Kopfschmerzen, und die blasse Friseuse, die ihr nach dem Waschen, ein Handtuch von hinten so über den Kopf zog, dass sie dachte sie würde überfallen. Normalerweise wird dafür aber ein schwarzer Sack genommen.

Sie hatte es wirklich nur noch mit Amateuren zu tun. Schlimm.

Am nächsten Morgen, bin ich früh aufgewacht, so um halb sieben, und wollte Klara anrufen, wegen der Anhörung bei Gericht, die der Babsi bevorstand. Ich hatte keine Ruhe mehr, und deshalb kaum geschlafen. Ich musste wissen, wie es nun weitergehen soll, mit ihr und Frau Schmitz-Forelle. Ich hatte ein ungutes Gefühl.

Ihr Anrufbeantworter schaltete sich ein, und Klara faselte, dass sie erst ab sieben wieder erreichbar sei. Nach der Feueratmung. So begann sie ihren Tag, zusammen mit der Rosalie, und noch einigen anderen, die auch Feuer atmeten. Das konnte jeder problemlos von zu Hause aus machen, sogar im Nachthemd, alles über Computer, also online. Die Feueratmung, geleitet von der Rosalie, war ungeheuer entspannend. Anschließend, waren sie alle ganz Galama, und gewappnet für den Tag, der auf jeden Fall wieder problematisch werden würde, wie alle Tage.

Ich brühte mir eine Kanne Kaffee auf, mir war nach Genuss, und ich machte mir die Mühe. Ich ließ Heini dann im Garten sein Revier markieren. Bei Regen, wollte er nie in den Wald, und Elsa auch nicht. Sie machte ihm alles nach. Mutter war nicht da, und ich ließ es ihnen, im eigenen Interesse, durchgehen.

Zehn nach sieben rief Klara mich zurück. Sie schnaufte wie ein Walross. Die Feueratmung wirkte offenbar nachhaltig.

Normalerweise musste sie sich danach erst einmal wieder hinlegen.

Was ist dein Begehr? fragte sie, völlig aus der Puste.

Ich ahnte, dass sie wieder mit Frau Sibilla Kontakt hatte, die sich gedanklich meist im Mittelalter aufhielt. Es gab da eine offene Rechnung. Ihr Scheiterhaufen brannte immer noch lichterloh, denn ihr Ehemann, früher ein Zündelkind, legt immer wieder einen Scheit obendrauf. In der Nacht war er selbst verkohlt. Er hatte vergessen seine Heizdecke abzuschalten. Alte Konditionierung, nehme ich an.

Du bist ja völlig außer Atem, was ist los? , wollte ich wissen.

Ach, hör bloß auf, ich bin fertig, heulte Klara, diese Feueratmung ist so anstrengend, ich weiß nicht, ob das gut ist für mich, und mein Herz. Mein Blutdruck ist schon so zu hoch. Ich werde den Kurs abbrechen, da kann die Rosalie sich auf den Kopf stellen, das kommt nämlich auch noch dran. Der Kopfstand. Den schaffe ich wirklich nicht. Ich bin doch kein Artist. Hätte ich sie bloß nicht angeklickt, und den Kurs gekauft. Das Geld hätte ich mir sparen können. Hundertfünfundsiebzig Euro. So einfach zum Fenster rausgeworfen, . . dafür hätte ich besser Gutscheine gekauft, bei dem Theo für drei Mini Rundumblicke. Zum Verschenken. Weihnachten steht doch immer vor der Tür.

Ich dachte die Feueratmung kostet nichts.

Das dachte ich auch, sagte Klara, aber das war nur das Schnuppern. Das Atmen, hat sie dann berechnet die Rosalie. Ich sollte sofort bezahlen, das habe ich natürlich nicht getan. Der habe ich erst mal schön die rote Karte gezeigt, ... das ist die von der Sparkasse... , meinst du vielleicht ich will schon wieder ein Mahnverfahren am Hals haben? Danke nein. Ich bin bedient. Doch das Allerschlimmste kommt erst noch. Setzt dich lieber hin. Du kannst dir nicht vorstellen, was der Theo über die Schmitz-Forelle herausgefunden hat.

Ich konnte mir mittlerweile alles vorstellen, zündete mir eine an, und warf mich aufs Sofa. Ganz Ohr.

Also pass genau auf, Klara war aufgeregt wie lange nicht. Sie berichtete ohne Luft zu holen... Die Schmitz-Forelle ist eine Hochstaplerin, lass dir das mal bitte auf der Zunge zergehen. Ich habe so was ja schon vermutet. Der Theo hat es mir dann nur bestätigt. Er hat die Karten gemischt, da ist sie schon heraus gefallen, die wichtigste Karte ist das. Die fällt nämlich nicht einfach so raus. Das hat immer eine tiefere Bedeutung, kommst du mit? Es war der Narr. Was das heißt muss ich dir wohl nicht sagen. Doch? Gut. Das bedeutet die Schmitz-Forelle hält uns zum Narren. Die ist nämlich überhaupt keine Rechtsanwältin, stell dir vor... , sie ist nur die Tippse, von ihrem Mann, dem Forelle, und in seiner Abwesenheit betreut sie seine Mandanten, und berät sie. Falsch natürlich. Er soll angeblich in den Arabischen Emiraten leben. Doch jetzt kommt es, halt dich fest, wie kann er bitte schön in den Emiraten leben, wenn er in Deutschland tot ist, kannst du mir das mal sagen? Was? Und ob er das ist. Und zwar mausetot. Der Theo hat ihn jedenfalls offiziell für tot erklärt. Wie? Natürlich kann er das. Unterschätze den Theo nicht. In der großen Legung, und die stimmt immer, lag bei ihm der Tod im Haus, und auf der Schmitz- Forelle das Ass der Kelche. Wir haben es hier mit Mord zu tun. Sie hat ihn umgebracht. Vergiftet. Ja. Davon können wir inzwischen ausgehen. Ja. Gift, ... sag ich doch, was glaubst du wohl was sonst in dem Kelch drin war? Denk doch mal logisch. Neun von zehn Giftmorden, werden statisch gesehen von Frauen verübt. Jetzt muss er nur noch gefunden werden, der Forelle, wenn es geht am Stück. Wenn sie ihn in seine Bestandteile zersägt hat, was meistens so gemacht wird, dann geht die Sucherei erst richtig los. Dann muss die Tamara ins Boot geholt werden. Koste es was es wolle.

Du weißt ja die findet jede Leiche, und ist verschwiegen wie ein Grab, , ... noch darf nämlich die Polizei davon nichts wissen. Das meint der Theo auch, die mischen sich doch in alles ein. Die gehen wahrscheinlich gleich hin zur Schmitz-Forelle, und stellen blöde Fragen. Sicher hat sie ihn vorerst im Keller, in der Kühltruhe deponiert, das ist so üblich, sagt der Stefan auch. Du weißt doch, der arbeitet heimlich für die Kripo, wenn das Latein am Ende ist, von diesen Dilletanten. Der Stefan ruft zur Zeit schon bei allen Versicherungen an, unter falschem Namen, wegen der Lebensversicherung, damit können wir sie überführen, verstehst du? Jetzt kommt ein Riesenstein ins Rollen, und du bist maßgeblich daran beteiligt. Das habe ich dem Theo gleich gesagt. Wie nein? Keine falsche Bescheidenheit, du musst dein Licht nicht unter den Scheffel stellen, immerhin warst du die Erste, die was gemerkt, und der Schmitz-Forelle misstraut hat. Das werde ich auch später bei der Polizei aussagen, und vor Gericht. Ja. Sogar wieder unter Eid, wenn es sein muss. Ich habe nichts zu verbergen. Der Theo auch nicht. Ich schmücke mich nicht mit fremden Federn. Ich heiße ja nicht Elfi. Die nennt sich jetzt übrigens Apanachi, bekloppt nicht wahr? Warum bist du denn schon wieder so launisch? Geht es dem Hund nicht gut? Oder hast du schlecht geschlafen? Dann ruhe dich ein bisschen aus, ich informiere dich weiterhin. Ich funke später wieder durch. Gleich rufe ich noch den Theo an, und grüße ihn zurück von dir, . . unbekannterweise. Was? Du bist aber ungerecht, da kann doch der Theo nichts dafür. Mörder und Verbrecher gibt es doch wie Sand am Meer. Gut dass du den richtigen Riecher hattest, das kann ich dir sagen. Ohne dich wären wir nie draufgekommen. Deswegen sage ich dir, du kannst auch ohne Hemmungen die komplette Gratisberatung, und den großen Rundumblick von dem Theo annehmen. Wirklich. Er lädt dich sogar in seine Sendung ein, wenn alles vorbei ist, weil er spürt, dass du übersinnliche Qualitäten hast. Ja. Wirklich..., aber um den Forelle tut es mir irgendwie leid. Der war doch mein Anwalt damals, als mich dieser Armleuchter verklagt hat. Wer weiß, wo ich ohne ihn wäre, ... aber jetzt Themawechsel, sonst bekomme ich schlechte Laune.

Ich kann nur hoffen, dass ich den Forelle nicht identifizieren muss. Du weisst doch, ich kann doch kein Blut sehen. Das muss ich denen gleich sagen, von der Gerichtsmedizin. Ganz bestimmt werde ich wieder was gefragt. Ich bin auf alles gefasst. Noch ist es ja nicht soweit. Der Theo arbeitet jede Minute an der Aufklärung.

Die Sabrina auch, und sämtliche Engel, außer dem Michael der hat frei, und der Raffael. Die haben so schon genug zu tun. Wie womit? Mit beschützen natürlich, ... da können sich diese Langweiler vom Sicherheitsdienst bei mir im Haus, eine dicke Scheibe von abschneiden, das kann ich dir sagen. Die haben gestern Nacht wieder mal vergessen die Glastür abzuschließen, diese Schläfer, und schon ist dem Corello.....

Ich legte auf. Ich musste mit Klara ein ernstes Wort reden. Persönlich. Sie hatte wirklich wieder mal alle Register gezogen, und alles in Bewegung gesetzt, zusammen mit Theo, der alle möglichen Kollegen noch mit hineinzog. Leider konnten sie Frau Sibilla, deren geschätzte

Meinung sie ganz gerne noch dazu gehört hätten, nicht erreichen. Die Sibilla war in Nazareth.

Geschäftsreise. Sie musste dort ihre aramäisch Kenntnisse etwas aufbessern, denn sie ahnte eine Affinität, zu Maria Magdalena.

Klara erzählte etwas von Seelenverwandschaft, und karmischer Verbundenheit. Schon vor zweitausend Jahren sollen sie, und Frau Sibilla gemeinsam in der Wüste Gobi, mit der wüsten Gabi herum marschiert sein, bis sie Blasen an den Füßen hatten. Davon konnten sie vielleicht ein Lied singen, diese Wanderhuren.

Ich wollte mit Theo, und Konsorten absolut nichts zu tun haben, das sagte ich Klara ganz unmissverständlich, und ziemlich laut. Auch keinen Jahres Rundumblick wollte ich mehr unter dem Tannenbaum finden, keine Engel von Sabrina im Backofen an Ostern, die Löcher in meiner Aura bleiben drin. Das Krafttierteil kommt auf den Sondermüll, mit samt der Chakrakerze.

Weitere Investitionen konnte sie sich sparen. Der alte Rundumblick, vom letzten Jahr, lag noch in irgendeiner Schublade bei mir herum, was ich bis dahin konsequent abgestritten hatte, den würde ich auch hinein werfen in die Tonne, warf ich ihr wütend hin.

Was? du hast den Alten noch? Den Grünen? Der gilt nicht mehr. Klara war beleidigt. Die Neuen sind jetzt Lavendel, und riechen auch so. Grün war Eukalyptus.

Das ist mir aufgefallen, an meiner Unterwäsche. Gegen Motten ist das Zeug wirksam, das musste ich gestehen. Klara war außer sich, aber diesen Fehler, konnte sie nur sich ganz alleine zuschreiben. Selbst schuld, meinte sie einsichtig, ich hätte dir eben zuerst die Blockaden-lösung schenken sollen, sonst bist du für den großen Rundumblick, überhaupt nicht reif, das hat der Theo gleich gesagt, der anfangs dachte du wärst schon weiter. Spirituell gesehen.

Na ja, ich habe es nur gut gemeint, doch gut gemeint, ist nicht gleich gut gemacht. Das sagte meine Tante Käthe auch immer. Jetzt sei nicht so zornig, wir wollen uns nicht streiten, lenkte sie ein. Bald hast du doch Geburtstag, dann bekommst du dein neues Krafttier, einen Anhänger. Für dein Auto. Du fährst doch soviel. Den hängst du schön vorne an den Spiegel, doch wundere dich nicht, dass der so groß ist, aber keine Bange, viel zu sehen brauchst du dann nicht mehr. Der Rückspie-gel wird völlig überflüssig, und kann zum Schminken benutzt werden. Mach ich genau so.

Aber auf keinen Fall abmontieren, hörst du? Da gibt es nämlich ganz verrückte Vorschriften, und Punkte in Flensburg. Alles bloß Schikane, das kannst du mir glauben, ... also der Anhänger ist genial, er sieht alles Er verhindert Auffahrunfälle, und zurückrollen am Berg. Das ist mir schon einmal passiert, ich kenne das. Mein Wagen war bis zur Fensterscheibe eingedrückt. Ein The-ater war das, das kann ich dir sagen. Ich habe natürlich prozessiert mit dem Kollegen, wie konnte er nur so dicht vor mir herfahren, oder?

Aber sein Rechtsverdreher legte vor Gericht alles ganz anders aus, und ich durfte blechen, für seinen Blech-schaden gleich mit. Davor bist du gefeit, mach dir keine Gedanken. Auf den Anhänger kannst du dich getrost verlassen. Ich weiß sogar schon, welches Krafttier es sein wird, sag ich aber nicht. Ü-ber-raschung!!!

Der wird dir ganz bestimmt gefallen. Wenn nicht formst du ihn halt um. Du bist doch kreativ. Mach was daraus. Er ist schwarz. Das ist doch eine Farbe. Was? Plastik? Nie im Leben, wo denkst du hin, ... Knetmasse ist das, getränkt in einer Flüssigkeit, die der Theo selbst anrührt, wenn wir Neumond haben. Vorher kocht er diese alten Yakknochen selbstverständlich ab. Eine lange Prozedur ist das. Bis die erst mal hier sind, sag ich dir. Die sammelt nämlich ein Sherpa, auf irgendeinem hohen Buckel ein. Die Wirkung ist unglaublich.

Besonders bei eintretender Blasenschwäche. Da beißt du einfach ein kleines Stück ab, und der Harndrang ist wie verflogen. Erst mal. Nach einer Stunde, musst du zusehen, dass du Land gewinnst.

Mir hat es gestern auf jeden Fall die Haut gerettet bei dem Rehrücken, meinem Steuerberater, der mit dem Höcker, du weißt schon. Dem Kamel musst du akribisch auf die Finger schauen, und nicht ständig aufs Klo rennen, verstehst du? Bei dem muss man auf der Hut sein. Hüte dich vor den Gezeichneten, sage ich nur.

Sein Büro wird immer größer. Sein Buckel auch. Eine Sekretärin scheint er auch zu haben neuerdings. Die hört alles mit, ist aber nicht zu sehen, weil sie direkt hinter ihm sitzt. Für mich arbeitet der Quasimodo mit dem Finanzamt zusammen.

Es sei unmöglich, meinte er gestern, dass ich mehr Ausgaben als Einnahmen habe. Das kann ich aber Gott sei Dank beweisen.

Schwarz auf weiß. Ich habe alle Rechnungen aufgehoben, falls die mal wieder einbrechen, dann brauche ich die Nachweise für die Versicherung, sonst zahlen die doch nicht. Eine Verbrecherbande ist das, glaub mir. Ich habe auch darüber nach gedacht den Rehrücken bei der Polizei zu melden, das ist eigentlich meine Pflicht als Bürger, weil er eine Gefahr für die Allgemeinheit ist. Die müssen seinen Führerschein mit sofortiger Wirkung einziehen. Der sieht doch nach hinten gar nichts mehr, und glaub bloß nicht, dass der einen Krafttieranhänger hat, der Anfänger... , morgen berichte ich dir weiter. Ich bin in Eile. Der Theo wartet am Hauptfriedhof. Wir haben heute eine Beerdigung. Im kleinsten Rahmen. Nur die Babsi und der Corello kommen. Zum Heulen. Das können die gut, und auf Kommando. Sowie früher die Klageweiber. Die Leiche meinst du? Kenne ich nicht. Die muss aber schon zu Lebzeiten eiskalt gewesen sein, und hatte Schulden wie ein Sautreiber. Ein paar Gläubiger wollten sich bei dem Theo schon anmelden, aber es ist nichts zu holen. Wir legen auch gar keine Kränze hin, selbst dafür ist kein Geld mehr da. Ich habe noch einen alten Adventskranz, der sollte reichen für diesen Weihnachtsmann. Noch nicht mal seine Tochter gibt ihm die letzte Ehre. Die lebt in Japan, mit einem Chinesen zusammen, hat aber wenigstens einen Computer. Sie ist durch das Internet auf den Theo aufmerksam geworden. Das Allerbilligste hat sie gebucht, überleg mal, und die Babsi muss singen. Der Rothaarige? ... . krankgeschrieben, der hat die Röteln seit gestern. Also, bis morgen. Ich funke durch...

Am Tag darauf, ein Sonntag, wollte ich zu Mutter fahren, in die Kur. Gleich nach dem Kaffee sollte es losgehen. Die Hunde waren frisch gebadet, und hatten ihre neuen Halsbänder an. Heini war wieder schön weiß, und Elsa sah richtig süß aus. Ich werde sie erst mal als Pflegehund verkaufen. Alles Weitere würde sich ergeben. Ich hatte an alles gedacht, und nichts vergessen. Als die Taschen im Kofferraum verstaut waren, sah ich nochmal die Post durch, die ich mitbringen sollte. In dem Stapel war auch ein Brief für mich dabei, den ich übersehen hatte.

Absender Marion Kater, Hundetrainerin. Diesmal war es keine Rechnung, auch nichts vom Inkassobüro. Ein ganz formloses Schreiben, sogar von Hand, plus einer erstellten Liste. Nette Anrede, aber weiter ging es mit versteckten Frechheiten. Sie möchte mir ein paar Denkanstöße geben, und Hinweise. Der Hund sei nichts weiter als der Spiegel seines Menschen. Er besitzt im Grunde genommen genau die gleichen Eigenschaften, drückt sich naturgemäß nur anders aus. Heini sei ein Angsthase. Seine daraus resultierenden Prägungen waren kläffen, und beißen, das könne er gut, und so weiter...

Wenn ich das richtig verstehe und zusammenfasse, heißt das, übertragen auf meine Person, großes Maul und nichts dahinter.

Das Schreiben würde ich nicht kommentieren, und zerreißen. Mutter brauchte das gar nicht zu wissen, sonst würde sie doch noch zum Berufsverband gehen. Der Heini ist doch ihrer, und durfte deswegen auch im Auto vorne sitzen, aber angeschnallt. Ich wollte sie erst kurz vor unserer Ankunft anrufen. Genau in dem Moment, als ich gerade einsteigen wollte, da klingelte sie in meiner Tasche. Mutter.

Bist du schon unterwegs? wollte sie wissen, wenn nicht, dann kannst du alles wieder auspacken. Ich fahre mit nach Hause. Hier habe ich nichts mehr verloren. Die bringen Einen nach dem Anderen um, diese Serienmörder. Frag nicht soviel, und hol mich ab. Ich sitze hier schon seit Allerherrgottsfrühe unten in der Eingangshalle, und warte auf dich. Mir ist schon ganz schlecht, hier ist es aber auch überheizt...

Wenn ich sie richtig verstanden hatte, musste Frau Krieger, einen Kurgast, auf dem Massagetisch verloren haben, so wie die Ärzte in schlechten Fernsehserien, bei einem missglückten Eingriff. Man munkelt von Genickbruch. Die Krieger wäre besser Kopfschlächter geworden, schimpfte Mutter. Ein Amboss ist das.

Frau Winter ist auch schon abgeholt worden, von ihrem Enkel, vor acht, flüsterte sie vorwurfsvoll. Da haben doch die Wände Ohren.

Ich fuhr los. Die Autobahn war voll, dennoch kam ich gut durch, und machte nur ganz kurz Rast, weil Heini musste. Als ich in die Auffahrt zum Kurgebäude einbog, sah ich Mutter schon. Sie winkte wie ein Fluglotse mit beiden Armen.

Das hat aber gedauert, meckerte sie, was hast du nur so lange gemacht? Wenn man es eilig hat, immer links fahren. Zur Not hält man ein weißes Taschentuch aus dem Fenster, wie in Italien. Das ist international anerkannt, und versteht wirklich auch der Dümmste.

Ich versuchte ihr klar zumachen, dass die Bundesbahn seit Tagen streikte, und wahrscheinlich viele auf das Auto umgestiegen waren. Deswegen herrschte so ein Chaos auf der Autobahn. Doch Mutter wollte davon nichts wissen.

Du hast eine blühende Fantasie Kind, sagte sie, seit wann streiken die Züge mitten auf der Autobahn? Für so einen Blödsinn ist jetzt keine Zeit, wir müssen hier schnellstens verschwinden. Ich brauche nur noch meine Entlassungspapiere, für den Hausarzt, als Beweis für diese Machenschaften hier. Geh bitte ins Büro und hol sie. Aber sprich mit keinem von der Bagage da drinnen, verstanden? Schon gar nicht mit dem Rose, das ist nämlich der Drahtzieher von dem Ganzen hier. Den Rest erzähle ich dir auf der Fahrt.

Ich klopfte an die Tür zum Büro. Herr Rose der Leiter des Unternehmens, war gar nicht da, dafür seine Frau, die mir alle Papiere ohne Kommentar, und zügig aushändigte. Das hatte ich Mutter zu verdanken, die Frau Rose am Morgen einen Einlauf verpasste. Sie hatte den Spieß einfach mal umgedreht.

Der habe ich anständig die Leviten gelesen, erzählte sie mir später im Auto. Das werden die so schnell nicht vergessen da oben. Das hat ein Nachspiel, da achte mal drauf.

Die Heimfahrt verlief reibungslos. Mutter saß hinten, zwischen Heini, ihrem Hund, und Elsa, dem Pflegekind. Wie niedlich!

Als wir schon fast am Ziel waren, rief Klara an. Zwecks Information. Sie würde sich später nochmal melden, aber erst nach zehn, nach der Sondersendung, die sie auf keinen Fall verpassen durfte. Die Sabrina stellt ihre drei neuen Engel vor. Aus Pappe, für die Reise. Sie sehen aber ganz genau so aus wie die Originale. Ganz leicht sollen sie auch sein, wegen dem Übergepäck im Flugzeug, das geht ganz schön ins Geld, und platzsparend, weil man sie einfach zusammenklappen konnte. Wirklich genial. Innen waren sie hohl, weil dort gute Wünsche wohnten, die irgendwie, von der Sabrina da hinein geklöppelt wurden, und mit Pattex zugeklebt. Darüber wollte Klara mich nur in Kenntnis setzen, weil sie das Telefon ausstellt, für zwei Stunden mindestens. Meistens wurde noch überzogen, wegen der vielen Zuschaueranrufe.

Mutter, die nur halb mitgehört hatte, mit abgewandtem Gesicht, weil sie das nichts anging, hatte irgendetwas aufgeschnappt, von drei Engeln. Das wollte sie auch sehen. Sie ging von Drei Engel für Charly aus, die mochte sie schon früher so gerne. Wie die jetzt wohl aussehen?

Pünktlich zum Beginn der Sendung, sind wir zu Hause angekommen. Mutter schaltete sofort das richtige Programm ein. Sie wollte sich etwas ausruhen, die Fahrt war anstrengend genug, alles Baustellen. Sie rief noch kurz ihre Schwester an, das hatte sie versprochen. Oh ja, die Fahrt hat lange gedauert, kein Wunder, die Bahn streikt doch seit Tagen, das wusste Tante Irma auch aus den Nachrichten, da sind wohl alle Leute aufs Auto umgestiegen, stöhnte Mutter, ein einziges Chaos auf der Autobahn.

Zwei Stunden später kam sie sichtlich enttäuscht, und verärgert zu mir herunter. Das waren die gar nicht, knurrte sie, das waren drei andere Engel. Bestimmt ist wieder so ein Prominenter gestorben, dann ändern die das Programm wie es ihnen passt. Als wären diese Gesangsstars was Besseres. Dabei kochen die auch nur mit Wasser, glaub mir, ich weiß wovon ich rede.

So kam es, dass Mutter ihren Geburtstag dann doch zu Hause feiern konnte. Nachträglich. Eingeladen war keiner. Meine Tante kam trotzdem. Ich holte sie, mit drei Koffern am Bahnhof ab, das sollte reichen für die nächsten Monate. Alle Nachbarn kamen zum Gratulieren, das ließen sie sich nicht nehmen. Mutter wusste das, und hatte vorsichtshalber, mehrere tiefgekühlte Torten bestellt. Frau Kugler war die erste Gratulantin, morgens um halb zehn. Sie wohnte gleich neben an, brauchte aber am längsten, weil sie schlecht zu Fuß war, und deswegen immer pünktlich aufbrach. Sie brachte Äpfel mit aus ihrem Garten, und eine Flasche Krimsekt.

Den Roten.

Nach und nach trudelten alle ein. Ich musste noch Stühle aus der Werkstatt holen, und dem Dachboden. Tante Irma hatte einen Strohhut auf, weil die Haare wieder nicht frisiert waren, und setzte eine Bowle an. Herr Dietrich kam als letzter, er musste noch den Küchenrollo, vom Kiosk herunter lassen, und das Schild anbringen, aus Amerika. Vorne stand Open, und hinten drauf Zu. Er brachte Popcorn mit. Salziges, auch aus Amerika. Er war schon sehr weit gereist, und hatte wieder viel zu sagen. Eigentlich wollte jeder nur eine Tasse Kaffee trinken, aber es wurde schon dunkel, und alle klebten immer noch an ihren Stühlen, wie die Orgelpfeifen. Auch darauf war Mutter eingestellt, und hatte jede Menge Aufschnitt, Käse, und Brot im Haus. Tante Irma bediente, und Frau Kugler verlangte eine Schürze. Mutter brauchte sich um nichts zu kümmern, an diesem Tag. Sie schielte aber die ganze Zeit durchs Fenster, hinein in die Küche. Es passte ihr ganz und gar nicht, dass Frau Kugler, an allen Schubladen herum hantierte. Am liebsten hätte Mutter sich selbst um die Brote gekümmert, konnte sie aber nicht vor den Kopf, und aus der Küche stoßen. Frau Kugler, die im Küchenlicht von hinten aussah wie ein Preisboxer, ließ sich nicht die Butter vom Brot nehmen, sondern beschmierte damit die Brötchen, und belegte sie mit Mettwurst, und Gürkchen. Sie gab sich die größte Mühe, mit dem Schinken, den sie um grünen Dosenspargel rollte, garnierte halbe Eier mit Mayonaise, und falschem Kaviar, Brote mit Schmalz, und je einer großen Wurst, und Käseplatte. Alles sah wirklich sehr appetitlich aus. Es dauerte nicht lange, bis sie in den Garten trat, und nicht ohne Stolz, lauthals rief: So, meine Lieben. Essen ist fertig.

Genauso muss es Gott gesagt haben, als er den Ruhrpott erschuf, dachte ich für mich.

Als spät noch die Christa, mit ihrem Sohn Benno kam, verschwand ich sofort. Ich ging in mein Bett, und schlief bald ein, trotz der Stimmen und Musik, die vom Garten ins Haus drangen. Die Christa hatte eine Überraschung, und einen DJ mit gebracht. Er hatte seine Anlage dabei, und Schallplatten, die er mit einem Megaphon ankündigte, bevor er sie abspielte. Es war DJ Fliese, gelernter Fliesenleger, der jetzt lieber Platten auflegte.

Beim Frühstück am nächsten Morgen, blickte Mutter noch einmal auf den Abend zurück. Schön war es wieder.

Sie schaute auf ihre Geschenke, die Tante Irma beim Aufräumen, schon alle auf einer Gartenliege dekoriert hatte. Beim näheren Betrachten des langen Gabentisches sagte Mutter, das kann ich doch nicht annehmen, ... ich kann doch nicht annehmen, dass das schon alles ist. Letztes Jahr gab es wenigstens einen Gutschein von Shop mop. Zwei Töpfe Gesichtscreme konnte sie sich davon bestellen. Die war nicht billig, aber gut. Gegen Pigmentflecken, und Krähefüße. Das wäre was für Tante Irma, die hatte beides.

Dann schenke ich sie mir eben selbst, motzte Mutter, ich nehme gleich zwei davon. Diese Creme wird aus einer Nuss gewonnen, die es nur im Regenwald gibt. Die Regenwäldler solltet ihr mal sehen, die haben überhaupt keine Krähenfüße. Nicht einen. Nur Pigmentflecke haben die, ... am ganzen Körper. Das verstehe ich nicht. Mutter schüttelte den Kopf, und lief zum Telefon.

Ich holte aus, um zu erklären, dass die Menschen im Regenwald alle negroide Züge haben, aber Mutter verbat sich solche Kraftausdrücke im Haus. Ist doch primitiv sowas.

Der Sommer war heiß, in diesem Jahr, und ich verbrachte die meiste Zeit draußen, im Gartenhaus.

Klara rief mich an und erzählte mir, dass bei ihr umgebaut wurde Sie konnte den Krach, und die Hitze nicht mehr aushalten. Sie kündigte ihren Besuch an. Eine Woche oder so, schätze sie, solange der Corello eben braucht, mit dem Pool. Er hatte gerade erst angefangen, aber versprochen sich zu beeilen. Der Lohmann musste die Sache nun endlich in Angriff nehmen. Das Schwimmbad war schon von Anfang an geplant, schon vor dem Einzug, und jetzt gab es Beschwerden, seitens der Mieter. Speziell die vom Roten Ochsen, drohte mit der Kündigung, sie wollte jeden Morgen ihre Bahnen ziehen, sonst hätte sie die Wohnung gar nicht angemietet. Das Ding musste her. Sofort.

Direkt unterhalb Klaras Terrasse, wurde also gebastelt.

Der Corello sagte seinen Urlaub nach Sizilien ab, und ließ seine Verwandten einfliegen, die ihm helfen sollten. Klara war dieses Schwimmbecken völlig egal. Was hatte sie denn davon? Nichts. Auch nicht, wenn sie vom Balkon fallen sollte. Ob man auf Beton aufschlägt oder auf Wasser, spielte doch keine Rolle, wenn man nicht schwimmen kann. Sie würde nie im Leben da hineinspringen. Dabei könnte ihr der Bauch aufplatzen, und alle sehen was sie mittags gegessen hatte. Das kannte sie noch von der Schulzeit, vom Seepferdchen, da ist sie damals durchgefallen, wegen dem dicken Jungen aus Halle. Der fiel vom drei Meter Brett, der Robort. Kein Wunder, der bewegte sich wie ein Roboter. Die Spaghetti Funghi schwammen wie lange Würmer auf der Wasseroberfläche, und der Robort wie eine Badeinsel nebenher.

Das war vielleicht eklig, sagte Klara, nein sowas brauche ich nicht. Der Corello soll zusehen, dass er fertig wird. Ich komme dann morgen am Bahnhof an, um zehn nach elf. Mitteleuropäische Zeit. Falls ich Verspätung haben sollte, funke ich durch.

Klara war fast eine Woche bei uns. Abends spielte sie mit Mutter, Tante Irma, und Ute im Garten Bridge. Dazu brauchte es nur die Vier, eine Flasche Sekt, und die Zitronella Kerze, wegen der Bremsen. Auf mich konnten sie prima verzichten. Ich hatte frei. Mit den Hunden, blieb ich lange im Häuschen, manchmal die ganze Nacht. Irgendwann hatte Mutter keine Lust mehr, weil Tante Irma entweder Alzheimer hatte, oder mit gezinkten Karten spielte, und für Klara, war es auch an der Zeit wieder nach Hause zu fahren. Die Umbauarbeiten, sollten allmählich fertig sein. Den Corello, der das wissen musste, erreichte sie nicht, nur sein Band.

Vor dem Signalton, sang er Azzurro, und Klara vermutete dass er blau war. Aber er war nicht blau, sondern grün, dazu spuckte er gelbes Zeug aus. Er hatte miese Muscheln gegessen. Stark anzunehmen, dass man ihn vergiften wollte im Mama Mia...

Seine Brüder, die Neffen, und der Schwager, hatten den Giovanni in Verdacht. Am nächsten Abend besuchten sie ihn, und renovierten seine Pizzeria komplett. Es muss ausgesehen haben, als hätten dort Bullterrier bedient, erzählte die vom Roten Ochsen Klara später.

Der jüngste Neffe, sollte draußen im Wagen Schmiere stehen, und dreimal in die Luft schießen, wenn er irgend etwas riechen würde. Die Polizei zum Beispiel. Das tat er dann auch, nur hatte er ganz vergessen das Schiebedach zu öffnen, und blöderweise das Dach des Wagens, mit einem vollen Magazin weggeschossen. Das hat man am nächsten Morgen bei dem Lohmann, im Vorgarten gefunden, der somit der Hauptverdächtige war. Die Corellos kamen nicht in Frage, die hatten ja kein Cabrio, das suchte die Polizei nämlich.

Der Lohmann, der Manschetten vor der Maffia hatte, wurde mit sofortiger Wirkung, ins Zeugenschutzprogramm aufgenommen. Er bekam eine neue Identität, und ein Toupet, in babykackbraun. Von da an, hieß er Klomann, und wirkte weiter, in Holland, aber nicht mehr bei der Hausverwaltung. Er fing im Zoo an, als Affe, wenn die mal keinen da hatten, aber die Kinder einen sehen wollten.

Mutter, die sich mit den Gesetzen auskannte wusste, dass nur ein Buchstabe des Namens verändert werden konnte, und nur einen durfte man weglassen. Zumindest bei uns.

In Italien war das anders. Die konnten ihren Namen wechseln wie sie wollten, oder gleich einen neuen Pass tauschen, bei der Polizei, gegen Schnaps und Zigaretten, oder sonst was. Bei uns sind die noch hinterm Mond zu Hause, meinte sie kopfschüttelnd.

Den kaputten Fiat, der jetzt oben offen war, schleppten die Corellos zu Beul of Olaf, noch bevor es hell wurde. Der Olaf musste es richten. Auf den konnten sie sich verlassen. Er schweißte und schwitzte die ganze Nacht, bis nichts mehr zu sehen war. Er wollte kein Geld annehmen, lieber ein paar Luxusfälschungen von Gucci. Er hatte einen Riesenrespekt er vor der Prada-Meinhof-Bande, die waren mit Vorsicht zu genießen, aber sie ließen sich nicht lumpen. Eine halbe Gallone Jim Beam, und drei Stangen von irgendeinem Kraut bekam er, dazu noch einen schönen Blender für sein Handgelenk, und einen Wintermantel, mit einem Loch im Rücken, die Daunen fusselten an den Rändern etwas aus. Das war ein glatter Durchschuss der da überlebt wurde, und machte Mordseindruck.

Das Beste aber waren die beiden taillierten Hemden, in weiß, mit je einem schwarzen Streifen, und zwar genau da, wo sich in der Regel der Sicherheitsgurt befindet. Das hatten die Italiener alle an, weil sie schneller aussteigen konnten, und wegrennen wenn was war.

Viel war passiert, in Klaras Abwesenheit. Sie reiste also wieder ab, nach Klein Chicago, dort wartete Post, und Arbeit auf sie. Der zweite Bürgermeister vom Dorf war am Mittwoch verstorben, jetzt musste der Erste die ganze Dreckarbeit machen.

Eine Beerdigung mit Prozession Delüx stand an. Der ganze Stress und die Vorbereitungen, hingen allein an Klara, denn der Theo war nicht da. Der schwirrte irgendwo in der Vergangenheit herum, da hatte er eine Verabredung mit sich selbst, als er noch Druide war. Es sollte standesgemäß eine große Trauerfeier sein, das wollten die Angehörigen von dem Vize so, und Klara engagierte, damit es nach mehr aussah, den ganzen Corelloclan. Eine bessere Besetzung gab es nicht, dessen konnte sie sicher sein, die konnten laut, und lange heulen, und für nichts. Das wurde jeden Ersten auf dem Amt für Kindergeld geprobt. Das saß.

Von einem Tag auf den anderen, wurde es kühl. Das Jahr war fast um. Manchmal vergeht die Zeit langsamer als man es möchte, doch in diesem Jahr rauschte sie geradezu an mir vorbei.

Ich glaube es gibt sie gar nicht, die Zeit. Für mich ist sie etwas, von Menschen für Menschen Gemachtes, um präzise zu sein vielleicht, oder um sich besser verabreden zu können, um etwas in der Hand zu haben, etwas worauf man sich stützen kann, was Sicherheit vermittelt. Etwas Zuverlässiges.

Es war genau um diese Zeit, ich bin mir ganz sicher, hört man oft, dabei ist es nur eine Scheinsicherheit, wie alles andere auch, was existiert. Die Zeit vergeht. Sie ist genauso wie wir, der Veränderung und Vergänglichkeit unterworfen. Ich glaube, sie ist eine Erfindung. Klara war ganz anderer Meinung. Sie glaubte das nicht. Sie war wie meistens ganz anderer Ansicht. Wir hatten manche Diskussion deswegen. Die Zeit war für sie ungeheuer wichtig. Ganz besonders die Vergangene. Sie lebte gerne in ihrer Vergangenheit, oder in der ihrer Familie. Sie schrieb alles auf. Haargenau. In Tagebüchern, was mir niemals einfallen würde. Denn was war, ist vorbei. Es kann nicht wiederholt werden, oder korrigiert. Da nützen auch sämtliche Analysen, und warum was, wie gewesen war nichts. Jedes Leben hätte im Nachhinein anders gelebt werden können. Meist ist es nur ein Ereignis, dass alles in andere Bahnen lenkt, und aus rot, grün macht, oder schwarz aus weiß. Ändern kann man nichts mehr, deswegen ist es unnötig, sich über die Gründe, warum man heute da ist, obwohl man doch ganz woanders hätte sein können, den Kopf zu zerbrechen. Ich versuche so wenig wie nur möglich in der Vergangenheit zu wühlen. Für mich ist es besser so.

Das Telefon schreckte mich aus meinen Gedanken auf. Ich nahm ab. Es war Klara, die mich rasch anwies, dass ich immer den Toilettendeckel geschlossen halten musste, es sei denn ich musste mal. Und zwar ausnahmslos alle Klodeckel, im ganzen Haus. Wegen der Energie.

Laut Feng Shui, floss die gesamte Energie durch offene Klosetts. Da brauchte man sich über nichts mehr zu wundern. Bei ihr, was noch schlimmer war, lief die Energie dann zu der vom Roten Ochsen runter. Das hatte die nicht verdient. Sie und Klara hatten Krach.

Zusammen mit dem Horst, dem Feng Shui Berater, der gerade einen Springbrunnen neben dem Bügelbrett installierte, und dabei gleichzeitig die Wäsche besprühte, stellte Klara um. Die ganze Wohnung. Von vorne bis hinten. Sie hatten sicher noch den halben Tag zu tun. Ohne Pause. Ich funke später noch mal durch, nuschelte sie mit vollem Mund.

Ich hörte nur mit halbem Ohr zu, weil es schon wieder bei mir anklopfte. Kaum hatte ich Klara los, war auch schon Ute in der Leitung, die mich einlud, zu Kaffee und Keksen. Sie hatte doch Geburtstag, und keiner war gekommen. Wegen diesem unechten Karsten, hatte sie echte Freunde aufgegeben.

Komm doch auf ein Stündchen rüber, bat sie mich, und bring auch die Hunde mit. Sie stören mich nicht.

Ich sagte zu, und überlegte was ich ihr mitbringen könnte. Darauf war ich nicht vorbereitet, und hatte kein Geschenk. Nicht mal Blumen. Im Garten wuchs nichts

Anständiges mehr. Die Blätter färbten sich schon. Wir hatten Herbst. Ich kramte in meinen Schubladen, dabei fiel mir der abgelaufene Rundumblick von Theo in die Hände. Er roch noch gültig. Ich steckte ihn in meine Tasche. Das musste reichten. Ich wollte ja nicht lange bleiben.

Ohne besondere Vorkommnisse verging der Oktober. Im Garten war der Boden schon voll bedeckt mit Blättern in den schönsten Farben. Ich stellte mir vor, es sei ein Teppich, aus Brokat.

Ich hatte zwei kleine Aufträge. Ein Küchenschrank stand noch in der Werkstatt, und ich hoffte, dass er bald abgeholt wurde. Wurde er. Mitte November.

Es läutete in der Werkstatt, und vor mir stand ein Mann. Er sprach gutes Deutsch, mit einem Akzent. Ein Holländer.

Im Auftrag, sagte er, sollte er den Küchenschrank abholen. Er hatte seinen blauen Sprinter, vor dem Tor geparkt. Auf dem Beifahrersitz saß ein großer Hund. Der Schrank gefiel dem Mann, und er mir, weil Heini nicht mal den Versuch gemacht hat, ihn zu schnappen. Er bezahlte, und lud das gute Stück mit Aufsatz, problemlos ein. Er gab mir seine Karte. Ich kannte sie. Die Adresse der Mühle. Ich sollte noch oft mit ihm zu tun haben. Das ahnte ich zu diesem Zeitpunkt noch nicht. Auch nicht, dass ich später mit ihm fortgehen würde. Alles ändert sich. Das wusste ich. Nur nicht wie schnell...

An meinem Geburtstag im November kam Klara nicht. Sie schickte mir ein Paket. Darin war der Krafttieranhänger. Erst nach Wochen habe ich ihn am Spiegel, im Bus befestigt. Da hängt er immer noch.

Der Dezember war fast vorbei. Es war kurz vor Weihnachten. Wir hatten viel Schnee. Die Nachbarn trafen sich alle draußen, um vor ihrer eigenen Tür zu kehren. Herr Dietrich gab Glühwein aus, zu Werbezwecken. Er hatte seinen Warenbestand wieder aufgerüstet, und wollte Kunden anfüttern. Sein Kiosk lief auf Hochtouren.

Inzwischen kauften alle bei ihm ein, sogar welche vom Nachbarort.

Mutter fegte launisch, und wollte keinen Glühwein. Ich habe keine Zeit sagte sie, und tippte auf ihre Armbanduhr. Ich muss gleich rüber. Zum Vampir.

Das war die Vera, eine der beiden Sprechstundenhilfen von Doktor Berger, die große Dünne. Die Vera nahm ihr immer Blut ab, und immer zu viel. Das machte sie bei Frau Kugler genauso, wie Mutter gerade am Mülleimer, von Herrn Bauer erfahren hatte, der sich bei ihr, wie schon so oft, über die Vera beklagte. Sie konnte sich genau vorstellen was da vor sich ging. Die Vera arbeitet in die eigene Tasche, kombinierte sie laut, ... denn sie verscherbelt das Blut hektoliterweise, an die vom Toten Kreuz, die kaufen nämlich jeden Tropfen, der zu gebrauchen war. Alles andere schüttet sie in den Ausguss. Das hatte sie mit der Urinprobe, von dem armen Josef doch genauso getan. Er machte vor vierzehn Tagen, auf Tante Irmas Rat hin, eine Flasche Brottrunk randvoll, weil das unauffällig war, er musste ja ganz durch den Ort laufen. Es war wegen seiner Prostata. Die Literflasche, gab er dann brav bei der Vera ab. Die schüttelte zuerst den Kopf, und dann fast alles weg. Dabei hatte der Josef sich so sehr angestrengt. Extra früh aufgestanden war er, um halb vier. Mitten in der Nacht. Der Vera kann doch keiner was recht machen. Ein unzufriedenes Weib ist das, sonst gar nichts.

Es war zwei Tage vor heilig Abend. Wir hatten abgemacht, wie jedes Jahr, uns an Weihnachten nichts zu schenken. Die Einzige die sich daran gehalten hat, war Tante Irma. Auf sie war Verlass. Sie wollte bis nach Neujahr bleiben, für ein paar Tage, sagte sie im Juli, als ich sie am Bahnhof einsammelte. Zusammen mit Mutter schmückte sie den Weihnachtsbaum. Beide haderten mit der Tanne, die ich besorgt hatte. Sie war weiß, und künstlich. Ich sehe nicht ein, für diese unsinnige Tradition, einen echten Baum zu kaufen, um ihn anschließend wegzuwerfen.

Ich schrieb ein Gedicht, das ich vorlesen wollte, nach keiner Bescherung, was aber schlechte Stimmung hervorrief. Wenn jemand die Welt verbessern sollte, musste es nicht gerade ich sein, brummte Mutter, dafür wurde ich nicht in die Welt gesetzt. Nicht um Angehörigen das Fest zu versauen.

Am Morgen rief ich Klara schon früh an, um zu hören, wann sie kommen würde. Es war schon lange Brauch, dass sie mich an Weihnachten besuchte. In diesem Jahr nicht, sagte sie. Es geht mir nicht gut. Ich wollte es dir erst nach den Feiertagen sagen, aber du wirst es verkraften. Ich bin sehr krank. Es ist nichts mehr zu machen.

Ich wusste, von Babsi, dass sie zusammen vor ein paar Tagen, bei Theo in der Beratung waren, und wo er sich aufhielt. Mir war klar, dass nur er dahinter stecken konnte. Ich fasste einen Entschluss.

Eine halbe Stunde später, war ich fertig im Bad, ich nahm meine Tasche, einen Becher Kaffee, und die Hunde mit zum Auto. An der Tankstelle hielt ich kurz an, tankte voll, kaufte noch eine Flasche Wasser, und fuhr Richtung Autobahn. Nach gut einer Stunde, kam ich vor dem Hotel an, in dem Theo seine Kunden empfing.

Die Dame an der Rezeption, wusste wo die Tagung, wie sie es nannte stattfand, und deutete auf den Fahrstuhl.

Suite dreiunddreißig, sang sie freundlich, im dritten Stock. Zügig ging ich die Treppen hinauf.

Völlig außer Atem, riss ich die Tür des Zimmers mit zweimal der Drei auf, ohne anzuklopfen. Eine Blondine, die sich die Nägel feilte, sah mich fragend an. Sie trug billige Ohrringe, die bis auf ihre Schultern funkelten. Ich hatte keinen Termin, aber ich könnte warten, sagte sie in gelangweiltem Ton. Vor mir waren noch zwei Frauen, und ein Mann, die auf Theo zu warten schienen. Vielleicht waren es auch Gläubiger, oder sie glaubten wirklich an ihn.

Ich blieb stehen. Nach wenigen Minuten, kam aus einer braunen Zwischentür, eine Frau heraus. Schnurstracks, unter Protest und Gezeter der Blondierten, die etwas von Honorar zischelte, ging ich hinein. Ich warf ihr, im Vorübergehen hundert Euro an den Kopf.

In Münzen.

Der Theo begriff sehr schnell, wer ich war. Er bot mir einen Platz an, und ein Glas Wasser. Ich lehnte beides ab. Ich war außer mir, und beschimpfte ihn aufs Übelste. Er hörte mir zu, ohne mich zu unterbrechen. Als ich fertig war mit ihm, verließ ich den Raum, und warf die Tür, mit einem Knall zu. Er hatte kein Wort gesagt, nicht ein Einziges.

Im Aufzug versuchte ich mich zu beruhigen, was mir nicht gelang. Ich heulte Rotz, und Wasser. Etwas war seltsam. Etwas in mir...

Aus meiner rechten Jackentasche fiel ein Geldschein auf den gemusterten Teppich, den mir Theo, der mich zur Tür begleitete, zugesteckt haben musste.

Eilig lief ich zu meinem Wagen, und ließ die Hunde raus. Wir drehten noch eine Runde.

Als ich einstieg zitterten meine Hände immer noch. Langsam, wie ein Fahrschüler, der ahnt dass er durch-fällt, fuhr ich weg von dem Parkplatz, raus aus der Allee, auf die Straße, die mich wieder zur Autobahn führte.

Ungefähr vierzig Kilometer hatten wir noch, bis nach Hause, als mein Telefon vibrierte. Es war Klara. Das überraschte mich nicht. Ich war darauf gefasst, dass sie mich zusammenfalten würde, denn immerhin hatte ich dem Theo seine Faltprospekte um die Ohren gehauen, was in der Form bestimmt noch nie vorgekommen ist.

Sie war sicher schon informiert, und ich konnte mir denken, was jetzt kommen würde.

Es kam nichts. Nur Belangloses, über das Wetter, und die Kinder von Babsi. Ich sollte bloß vorsichtig weiterfahren, bei dem Regen sagte sie, und anrufen. Später. Von zu Hause aus.

Das tat ich.

Ich rief sie sofort an. Sie nahm nach dem ersten Läuten ab. Sie schien gewartet zu haben.

Maria, ... du musst mir einen Gefallen tun, fing sie an, und es klang, genau wie damals, als ihre Mutter im Sterben lag, oder ich, ... in der Klinik, wegen einer Überdosis Schlaftabletten, da sagte sie auch so ruhig, Maria, ... du musst mir jetzt einen Gefallen tun... .

ich muss in die Schweiz Maria, sprach sie weiter, und möchte, dass du mich begleitest. Dein Zug fährt am Freitag, um zehn nach Elf.

Ich steige in Frankfurt dazu. Wir treffen uns dort im Speisewagen, dann erfährst du alles. Geht das in Ordnung?

Ja. Geht es.

Wir telefonierten bis dahin nicht mehr.

Am Freitag stand ich um fünf Uhr auf. Ich hatte kaum geschlafen die letzten Tage. Dieses Weihnachten lief an mir vorbei, wie ein schlechter Film. Ich war schon seit Stunden fertig, und rief mir ein Taxi. Zum Bahnhof, sagte ich. Ich mochte keinen Kaffee an diesem Morgen, ich flatterte innerlich.

Der Zug kam pünktlich. Ich stieg ein, und setzte mich so abseits wie möglich. Es war ein Großraumwagen. Überall klingelten Handys. Zwei Stunden später, kurz vor Frankfurt, nahm ich meine Tasche, und suchte mir einen Platz im Speisewagen. Ich sah die ganze Zeit aus dem Fenster, aber Klara war nirgends zu sehen. Der Zug fuhr langsam weiter. Ich starrte minutenlang auf eine der beiden Türen des Wagons, bis eine Frau auf mich zu kam. Sie hatte kein Gepäck, nur eine flache Mappe unter den Arm geklemmt. Es war Klara. Ich erkannte sie nicht gleich. Sie war schmal geworden, und sah blass aus. Sie gab mir einen Kuss auf die Wange, und ich konnte das Parfum riechen, das sie trug. Das Gleiche wie immer. Von mir. Sie lächelte.

Offensichtlich froh mich zu sehen, setzte sie sich mir gegenüber.

Sie bestellte Wasser und schwarzen Tee mit Milch. Die Torte teilten wir uns, ohne Appetit. Wir redeten, und Klara lachte oft. Sie sprach von den vielen gemeinsamen Erlebnissen. Von dem Klaus, ihrer Mutter, dem Bruder, sogar von Frau Heinrich, dem Elvis, und von uns. Vom Feldberg wo alles angefangen hatte.

Die Zeit raste mit der Landschaft an uns vorbei, und viel zu bald, ertönte aus dem Lautsprecher die Stimme des Zugbegleiters, der Basel ankündigte. Wir waren am Ziel.

Es goss wie aus Kübeln, und wir rannten dem Taxistand entgegen. Klara nannte dem Fahrer die Adresse, ohne dabei auf den Zettel zu sehen, den sie aus der Manteltasche zog. Der Wagen schlängelte sich durch den Stadtverkehr, bis er irgendwo abbog, in eine lange Straße, an deren Ende ein Haus, das an ein niedriges Bürogebäude erinnerte, zu sehen war.

Der Fahrer hielt direkt vor dem Eingang, parkte aber nicht. Er ließ den Motor laufen. Klara bezahlte. Wir stiegen aus, und eilten drei breite Stufen hinauf einer Glastür entgegen, deren Flügel sich automatisch, und lautlos auseinander schoben.

Drinnen war es freundlich hell. Das Dach war ganz aus Glas, worauf dicke Regentropfen zerplatzten. Neben grauen, modernen Sitzmöbeln, standen Pflanzenkübel mit außergewöhnlichen Sukkulenten. Hinter einem Schreibtisch aus Acryl, saß eine Frau die telefonierte, aber auflegte als Klara auf sie zukam. Durch eine offene Tür, die von zwei großen Palmen eingerahmt war, konnte man eine Cafeteria sehen, und leise Geschirr klappern hören.

Es dauert nicht lange, sagte Klara zu mir. Setz dich doch in das Cafe, und trink ein Glas Wasser, .. du siehst ja entsetztlich bleich aus. Die Babsi wird jeden Moment kommen. Warte da auf sie.

Babsi kam nicht.

Ich sah, dass Klara draußen, einem Herrn die Hand gab. Es wirkte auf mich als würden sie sich nicht kennen.

Mit schnellen Schritten, so als wolle sie etwas hinter sich bringen, kam sie einige Minuten später zu mir an den Tisch. Sie schaute auf die Uhr an der Wand über der Garderobe, an der kein Mantel hing.

Ich kann nicht länger auf die Babsi warten, komm, sagte sie leise, und zog mich mit hinaus, in den Eingangsbereich.

Ich war völlig durcheinander, und hatte noch immer keine Ahnung wo ich war, es gab keinen Hinweis auf etwas, nur eine Tür auf der WC stand. Auf zwei der Sessel, saßen ein Mann, und ein junges Mädchen, das in ein Taschentuch schniefte. Ich bekam plötzlich Gänsehaut, mir war kalt, und ich hörte, die Stimme von Klara, nur ganz entfernt.

Langsam glaubte ich zu begreifen. Ich hatte erst Tage zuvor einen Bericht gelesen... , ich war mir nicht sicher.

Ich muss jetzt hier hinein, sagte Klara plötzlich, und zeigte auf eine beige, glänzende Tür, durch die zuvor der Mann gegangen war.

Dein Zug geht in bald. In fünfundzwanzig Minuten.

Sie gab mir eine Fahrkarte, und ihre Mappe, aus rotem Leder. Du fährst jetzt nach Hause, und ich auch. Weine nicht, sie wischte mir über die Wangen, wenn ich drüben bin, dann funke ich durch.

Versprochen, . . und danke, für alles.

Ich taumelte auf die beiden Eingangsstufen zu, vorbei an der Frau die hinter dem Schreibtisch mir etwas nach rief, und für einen winzigen Augenblick hatte ich Hoffnung...

Sie brachte mir meine Tasche, und ein Papiertaschen-tuch. Ich hatte sie auf dem runden Tisch vergessen.

In diesem Moment fuhr ein Taxi vor. Eine weißblonde Frau mit ganz kurzem Haar stürzte heraus, die Stufen hoch, und fiel mir um den Hals. Es war Babsi. Ihr Zug hatte Verspätung. Knapp zehn Minuten.

Trau nicht den Ankünften,
wahr sind
die Abschiede...